鬼要去哪裡？

愛的道別

韋蘺若明

目次

1
謎樣代課老師
不知道他想耍什麼花樣，
只能先讓小晶遠離我了……

秋冬——
秋冬——

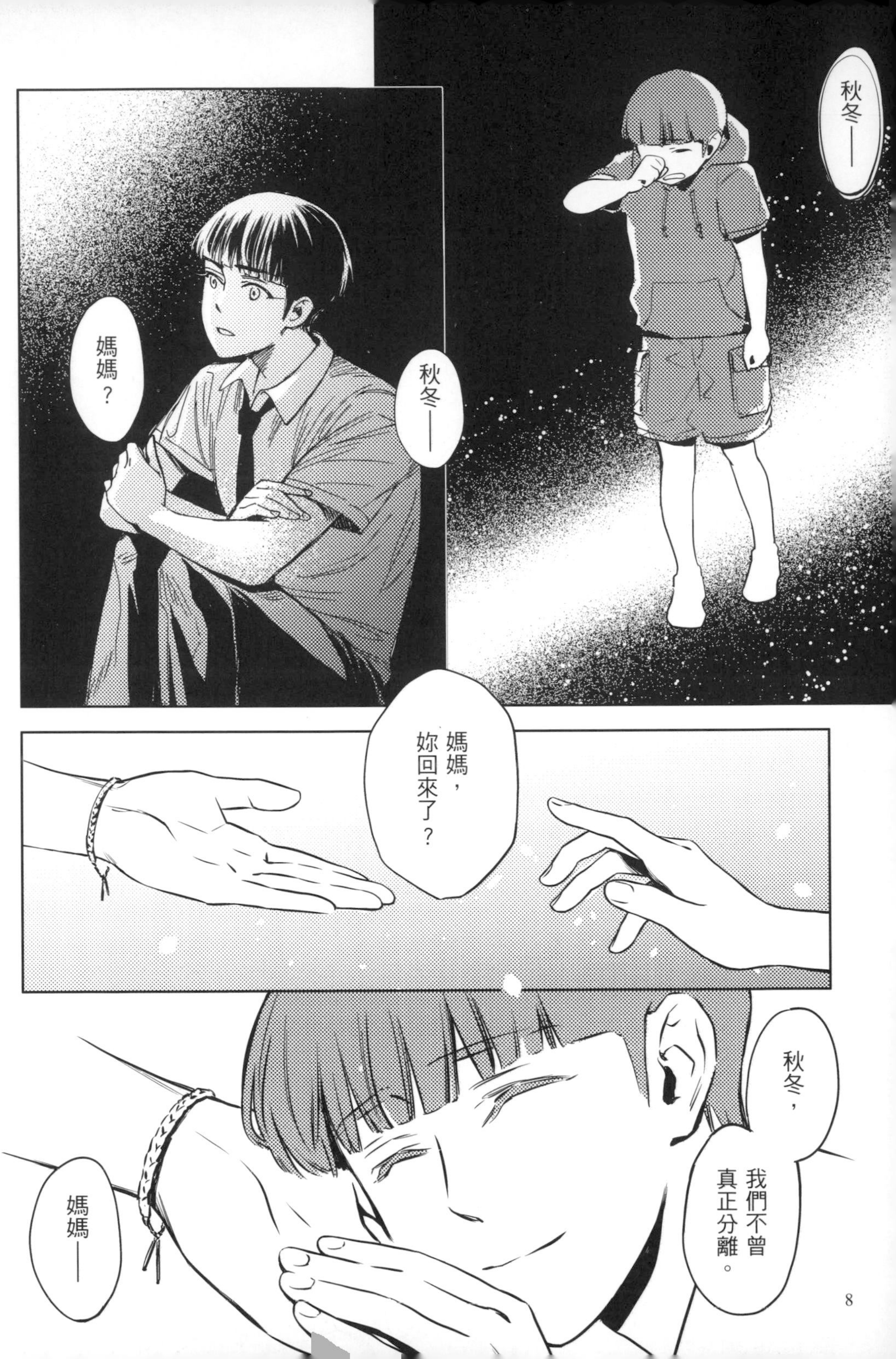

秋冬——
秋冬——
媽媽？
媽媽，妳回來了？
秋冬，
我們不曾真正分離。
媽媽——

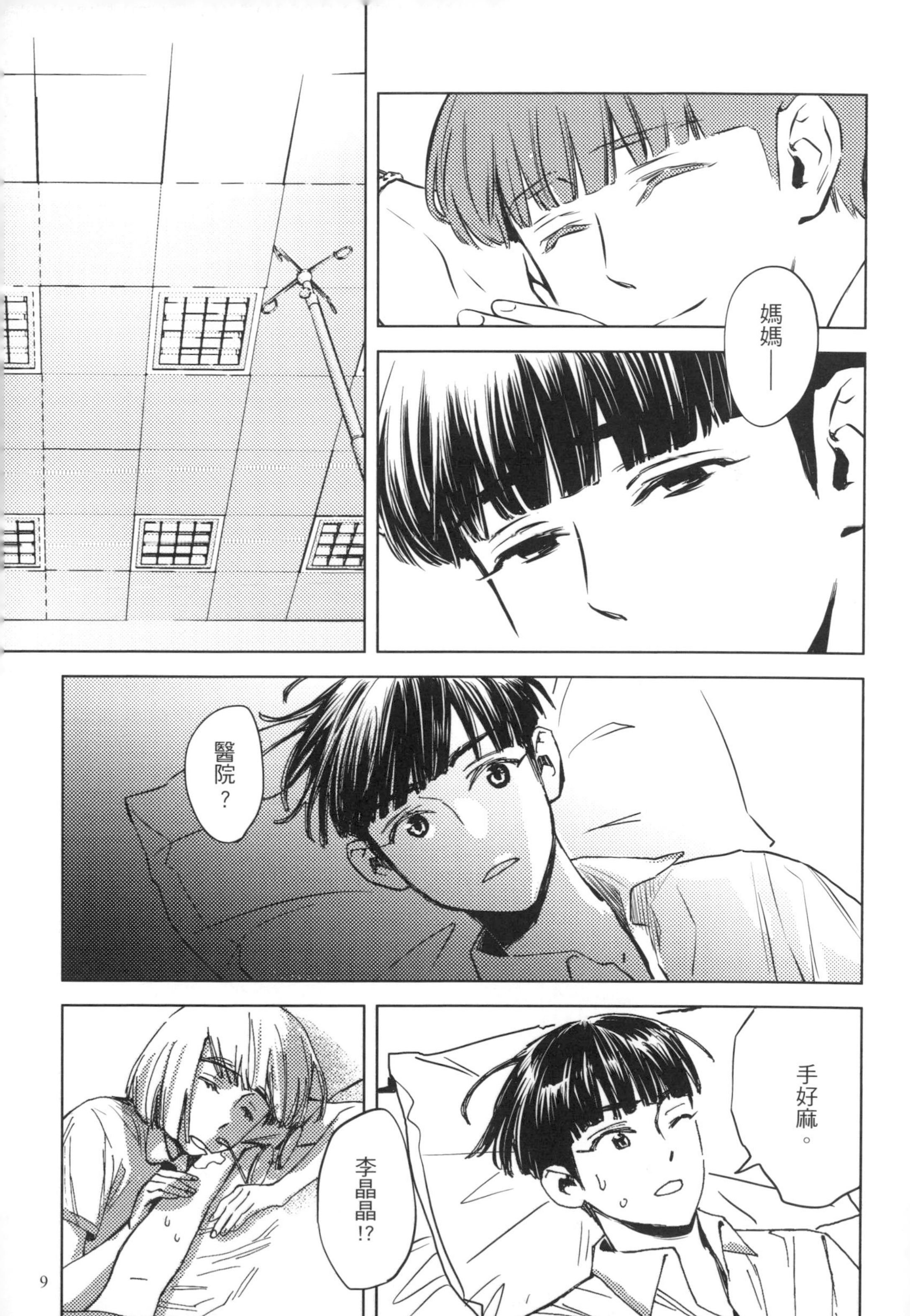
媽媽——
醫院？
手好麻。
李晶晶!?

呼——
呼——
口水……
對了，我昏倒了。
你醒啦。
太好了！小晶好擔心你！
阿鳳小聲點，會吵醒她的。

胡說八道！
那場車禍後，
大家無法接受我的改變……
那孩子好奇怪！
秋冬
好可怕！
秋冬同學！
只有妳毫不猶豫
的跑向我——

……
秋冬！
爸爸。
還好嗎？
嗯嗯，只是貧血。

沒事就回家吧。
嗯。
又來了，
在爸爸面前，秋冬總是像個怕犯錯的小孩。
秋冬！
你沒事吧？
六街咖啡
我很好！

該不會女朋友太多，才這麼虛弱啊？
妳想到哪裡去了！
吵死了！
秋冬的身高不可能啦！
呃，不是說妳。
又是鬼嗎？
不要什麼都推給鬼。
有什麼不滿就直接說出來。

我上樓了。
春夏，
妳明明就很關心他，為什麼要這樣說話呢？
誰叫他每次都這樣！
小心翼翼地，很見外的樣子，好像我們不是一家人。
……

秋冬老大，請接受我一百萬分的歉意！
阿鳳，
不是你的問題，是我自己搞砸的。
你不用跟我道歉。

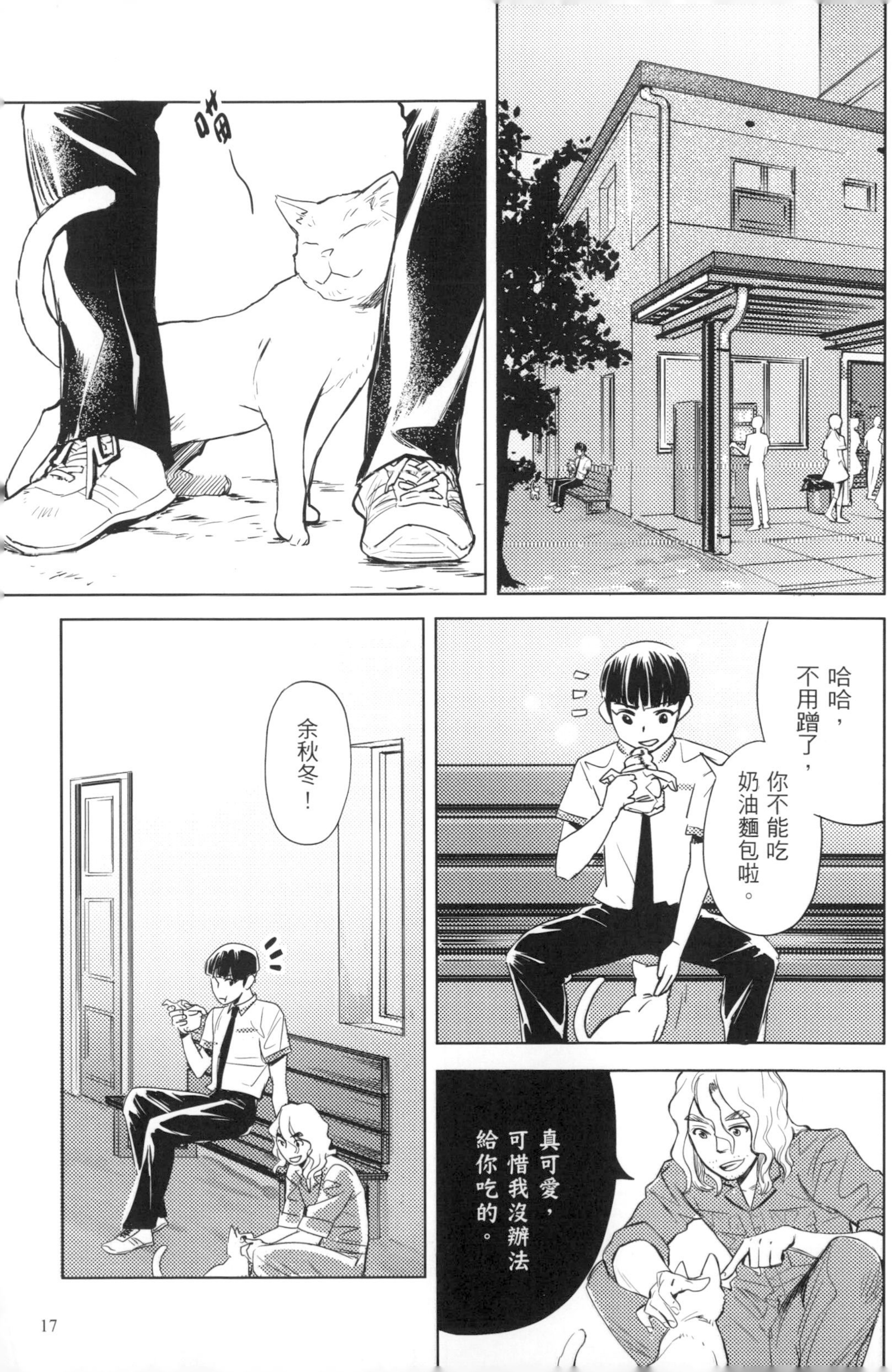
喵
哈哈，不用蹭了，你不能吃奶油麵包啦。
余秋冬！
真可愛，可惜我沒辦法給你吃的。

還是應該叫你「鬼巴士」比較好呢？
小晶，
妳覺得我怎麼樣？
我頭腦不好，可以說清楚一點嗎？
就是妳覺得我這個人如何啊？
比如說很帥之類的……

明泰就是個好人啊！
會請我吃蛋糕，還帶我去遊樂園。
好人卡
余秋冬也只是好人對吧！
我和余秋冬，妳比較喜歡誰!?

喜……，喜歡……？
明泰同學好奇怪！
幫你找「人」？
我拒絕！
這件事對我一點好處也沒有。
而且，

你也有靈異體質吧？
我注意到你一直在閃避阿鳳，
你不是聽得見他，就是看得見他。
我真是……不小心……
我只有受傷的右眼看得見鬼，
不過視線很模糊，平常是用聽的。
足夠讓你跟鬼交涉了，
有能力就別拜託別人啊。
我有我的苦衷。
我也有我拒絕的理由。
上課囉，老師。

那個傻傻的女孩，叫小晶是嗎？
她的體質似乎很方便，
我只好找她幫忙囉。
他要找小晶幫忙啊？
這是威脅我，若不幫忙，他就去找小晶麻煩。
可惡，什麼爛威脅。

秋冬同學！
看到你真好，明泰同學今天好奇怪！
把鬼交給我的那個人。

麻煩余同學囉！
想威脅我，也找漂亮一點的吧！
李晶晶對我來說什麼都不是。
別開玩笑了。
妳看看妳什麼樣子，
害我被人誤會啦！

妳聽懂的話就——
我絕對不會把小晶交給你！
……

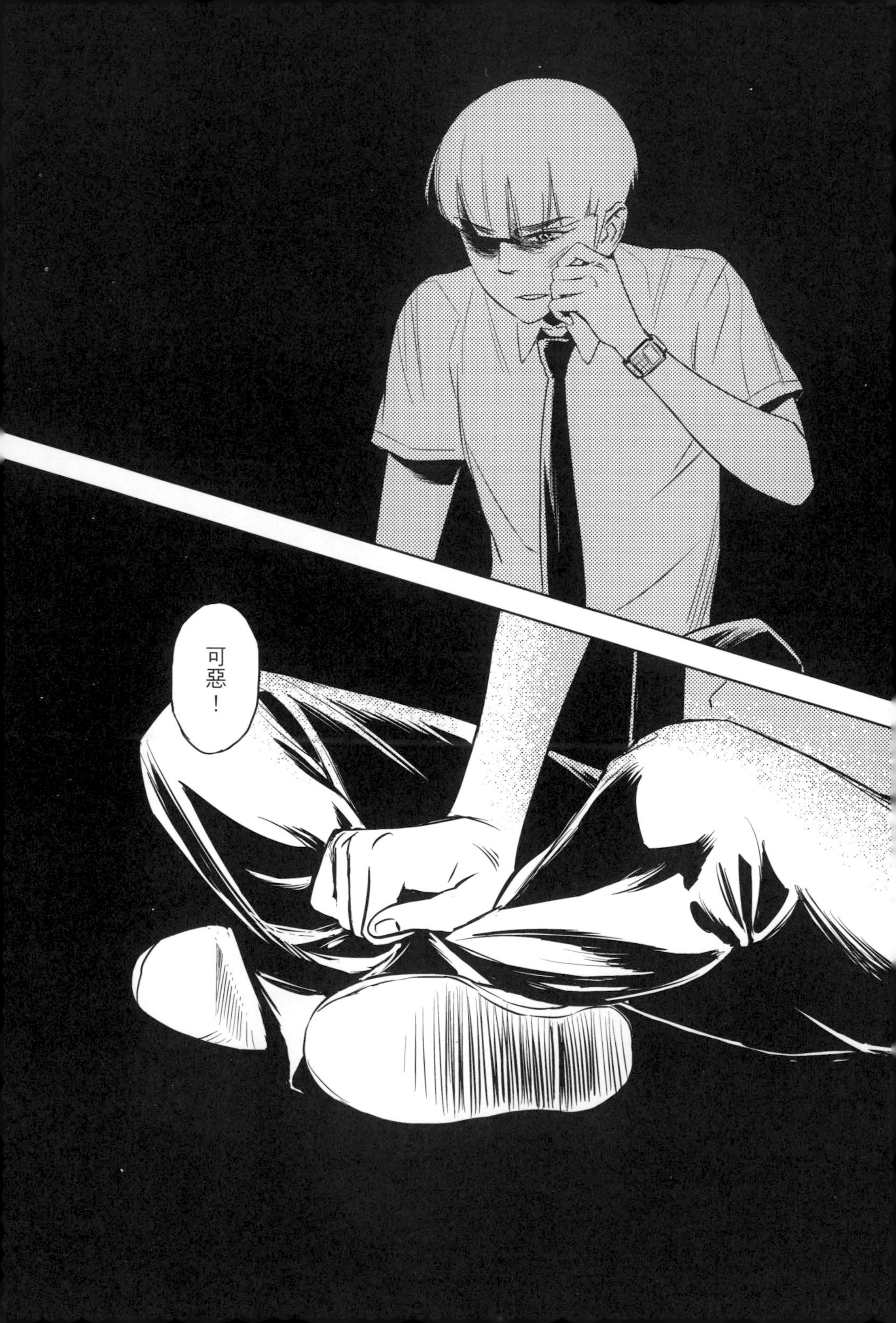
可惡！

妳聽說了嗎？
廣一甲的謝明泰和余秋冬，
竟然為了李晶晶打架耶！
三角戀啊？
她一定選明泰的吧！
我喜歡余秋冬那種可愛的男生。
重點是他們怎麼可能喜歡李晶晶!?
噓，小聲一點啦！
哪門子悄悄話，聽得一清二楚。

她們把小晶講得好難聽喔！
這又不是我能決定的事。
小晶！

蹺課了。
感覺好不安喔。
好不容易才跟秋冬同學拉近距離，
是我太自以為是了嗎？

小晶——
嗯？
我喜歡——

教官！
嗶嗶！
你喜歡教官!?
先跑再說！
我知道秋冬是怕小晶惹上麻煩才這樣說話，
不過也說得太過火了。
還不清楚那男人想耍什麼花樣，
暫時讓小晶遠離我也好。

兩個都沒回來。
我不會把小晶交給你！
怎麼回事，心裡有種酸酸的感覺……
真是固執的孩子，現在才發現自己的心意嗎？
下課前老師要宣布一下。

我明天開始要去蜜月旅行一個月！
這段時間由實習老師簡海凡來代課。
大家好。

2 白雪公主變奏曲

從此，小矮人和魔鏡過著幸福快樂的日子？

海凡老師好帥，是我的天菜！
妳的天菜不是明泰嗎？
別說了，他上次拿我的電影票帶李晶晶去看電影。
傳言他們交往是真的囉？
不可能！
抱歉——
讓我過一下好嗎？
謝謝！

笨蛋禁止通行喔！
不好意思——
借過好嗎？
我的座位在前面。
秋冬，不好意思。

秋冬笑起來好可愛喔！
對啊！
能夠受到大家喜歡的秋冬同學，
和我果然是不同世界的人。

雖然我只代課一個月，
同學有任何問題，我都會盡力協助。
放屁。
代課老師這種雙面性格，總覺得好熟悉……
明明就是個會威脅學生的老師。
為了更親近大家，老師幫你們報名了——
話劇比賽！

話劇比賽？
他到底想幹嘛？
話劇啊……
我只當過拿道具
的黑衣人……
比賽的地點，
在禮堂。
話劇比賽
有什麼問題嗎？
有問題的
是比賽地點。

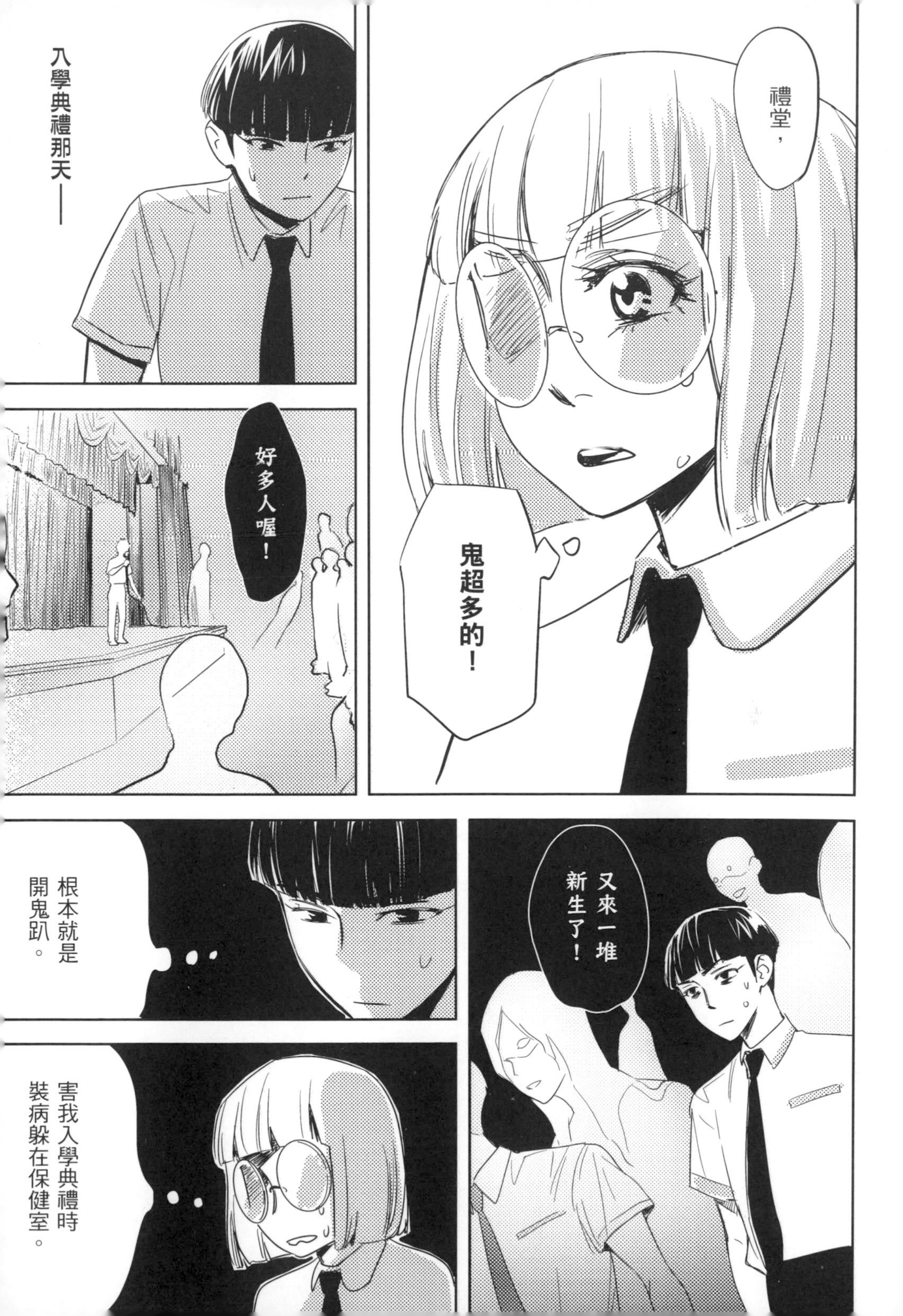
禮堂，
入學典禮那天——
鬼超多的！
好多人喔！
又來一堆新生了！
根本就是開鬼趴。
害我入學典禮時裝病躲在保健室。

角色經由抽籤決定。
要扮演白雪公主的是——
李晶晶。
李晶晶是公主？
不會吧！
怎麼演啊！
哼哼——

他是故意的！
魔鏡啊魔鏡——
美術教室
誰是世界上最美的女人呢？
當然是白雪公主！
鏡子
童春音
飾演巫婆
謝明泰
飾演魔鏡
怎麼可能有人比我美!?
以前都演公主，巫婆真是艱難的挑戰。
有殺氣！班長演得真好！

叩叩叩，有人在家嗎？
李晶晶飾演白雪公主
哼哼，請便！
余同學情緒表現得不太對……
余秋冬飾演小矮人之一
讓秋冬演小矮人太欺負他了啦！
憋笑
我是樹
魔鏡

我自願！
唉不要啦！
我來幫忙！
李晶晶好白目喔！
……
能這樣參與班上的活動，
好像做夢一樣！
小晶玩得很開心嘛。
輪到我們去禮堂排練囉！

嘰—
安靜—
沒有鬼？

沒有鬼？太幸運了！
秋冬，我感覺到有同類的味道，而且，
不只一個。
布幕開關在後面，
幫忙開一下！
小晶！
!?

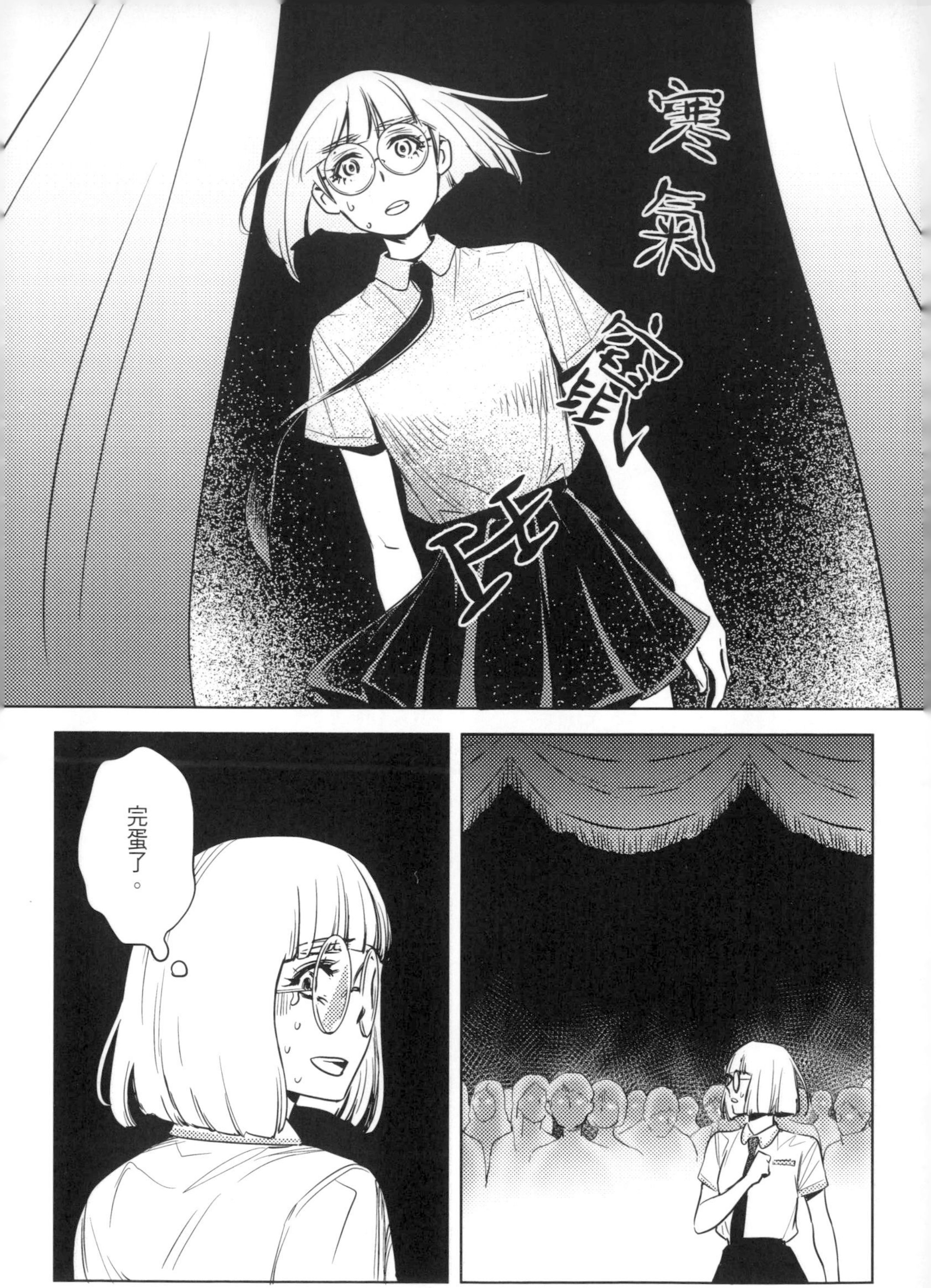
寒氣竄上
完蛋了。

她是在看我們嗎？
那個女生看得到我們耶！
哇哈！
好大好「空曠」的舞台啊！
哎！
李晶晶又在發神經了。
……
這下小晶寸步難行了。
誤會了啦。
她看不見我們。

這些鬼幹嘛聚集在這裡？
我也不清楚，有些地方的磁場特別容易吸引鬼魂聚集。
吸引鬼魂？可是我沒有被吸引的感覺耶……
我反而覺得他們擠在那裡好噁心喔。
這麼說起來，阿鳳和一般鬼魂真的不太一樣。
從第一天遇見阿鳳到現在，
說他是鬼，感覺更像是活生生的人……

從白雪公主跟小矮人那段開始吧。
叩叩叩——
我被後母趕出來了。
唉唉，這時候妳要走到小矮人面前呀。
別說小晶了，
這樣被鬼包圍著，頭痛得快炸開了！

叩叩叩——
我被後母趕出來了。
妳怎麼又停在那裡？
時間有限，拜託妳好嗎！
對不起，我……
好不容易能參與班上的活動，又要被我搞砸了……
一來禮堂後，小晶就怪怪的。
難道這裡有什麼嗎？
小晶很想參與，現在叫她退出，一定又會哭。
以她的個性，隨便給一個角色，都會很開心。

有了！
魔鏡的位置在舞台最邊緣，又不用走位。
魔鏡
李晶晶，不會走位的話，別演白雪公主吧！
站著不動的魔鏡更適合你！
余秋冬這傢伙又在針對小晶！
嘻嘻嘻！
哈哈！
魔鏡？
那個位置不錯，又不用走動。
魔鏡
都沒意見的話，李晶晶就演魔鏡吧？
那誰來演白雪公主呢？

明泰和李晶晶角色互換吧，
反串的白雪公主不是更有趣嗎？
我才不要反串公主！蠢斃了！
小晶的眼神，難道她想看我演公主嗎？
太好了！
魔鏡
我演公主……
哼哼哼！
順便報那一拳的仇。
真會記仇。

難道秋冬同學
是在幫我嗎？
避免我走位
碰到鬼……
魔
鏡

我又一廂情願了，
我老是給他惹麻煩，
秋冬同學怎麼會幫我呢？

話劇比賽當天
魔鏡啊魔鏡，
誰是世界上最美的女人呢？
當然是——
白雪公主！
噗哈哈哈！
好大隻的公主！
為了小晶，我要忍耐！

叩叩叩——
有人在家嗎？我被後母趕出來了。
歡迎歡迎，美麗的白雪公主！
哼——
這傢伙是在嘲笑我嗎!?
謝謝你啊，好心的「小矮人」！

雖然還是黑衣人，
但這次有角色！
真是
無憂無慮啊。

娘娘腔！
我因為「那件事」背負著愧疚至今。
哈哈哈！
要結束這一切只能靠鬼巴士了。
嘰喳
嘰喳
是話劇比賽耶。
好壯的公主。
真有趣……

希望就這樣平安結束！
好想死喔……
我好想死喔……
為什麼要拋棄我？
是自殺靈！
含恨自殺的靈很難纏的！
排練的時候沒看到他啊！
他前幾天才跟人來的。
呃！

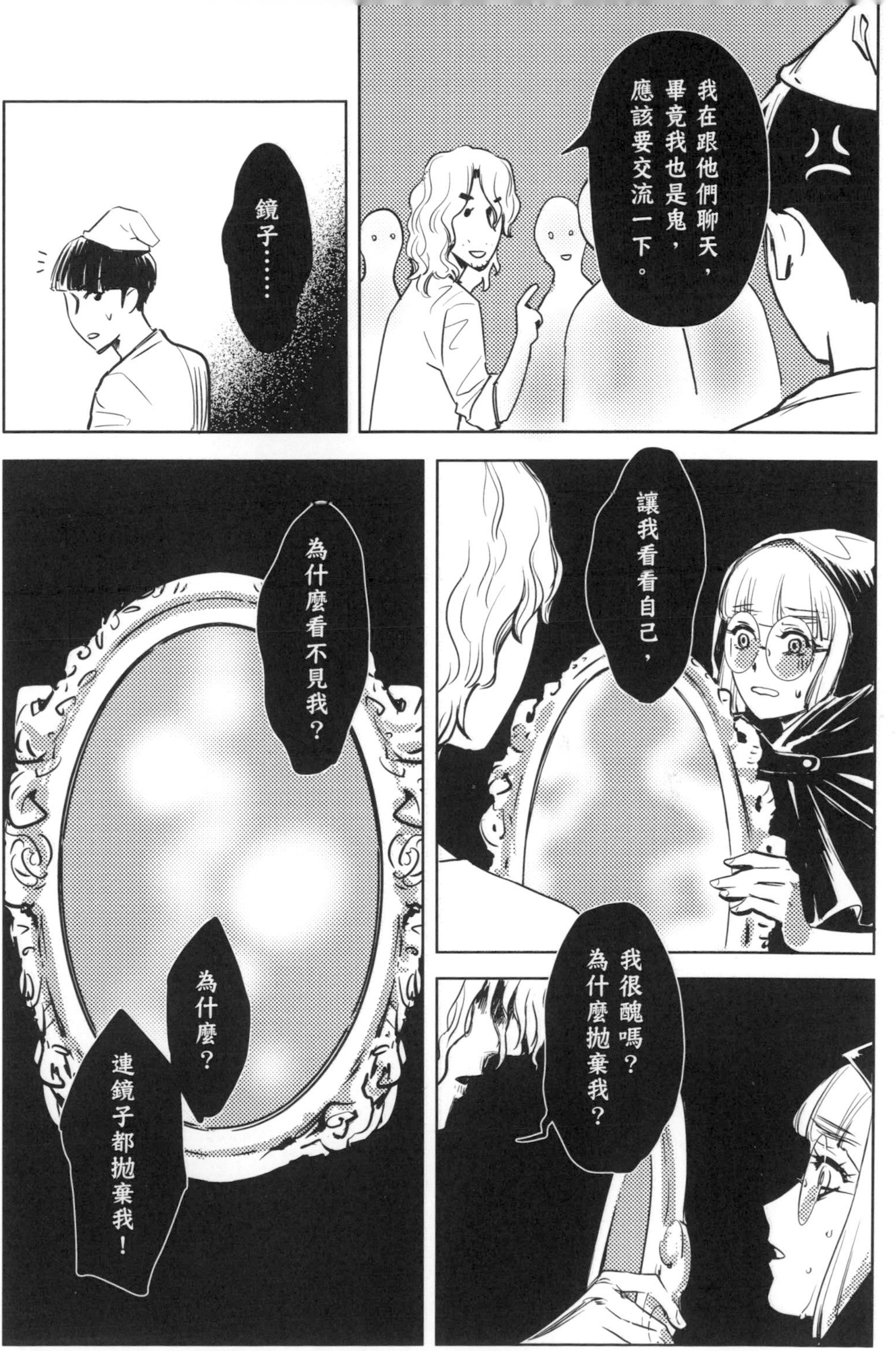
我在跟他們聊天，畢竟我也是鬼，應該要交流一下。
鏡子……
讓我看看自己，
我很醜嗎？為什麼拋棄我？
為什麼看不見我？
為什麼？
連鏡子都拋棄我！

好想死啊！

李晶晶？
啊啊——
好想死啊。

好多人！
你們在看什麼？
你們都
瞧不起我！
清醒點！
李晶晶！
放開我！
讓我死！
認清現實吧！
你已經死了！
離開這女孩
的身體！

李晶晶和余秋冬在搞什麼啊？
現在是什麼狀況啊!?
故事情節開始轉折了！
這不是普通的白雪公主劇！
小矮人和魔鏡起衝突？
真是意料之外的發展啊，
你該怎麼辦呢？鬼巴士……
放開我！

啊啊啊啊啊啊
震動——
怎麼回事？地震嗎？
震動——
東西都飄起來了！
好可怕！
震動和漂浮的效果好逼真啊！
怎麼做到的？
嗚嗚！
頭好痛！

必須把小晶的意識拉回來，
又不能在全校面前揍小晶……
怎麼辦才好？
磅
咚！
唔！

我的臉……
是你逼我的，
先生——

3 尋人啟事

他沒有朋友，
他一心尋找那個死去的
高中同學……

颯——
嘈雜
嘈雜
演完了？
所以小矮人跟魔鏡，從此過著幸福快樂的……
我到底看了什麼啊!?

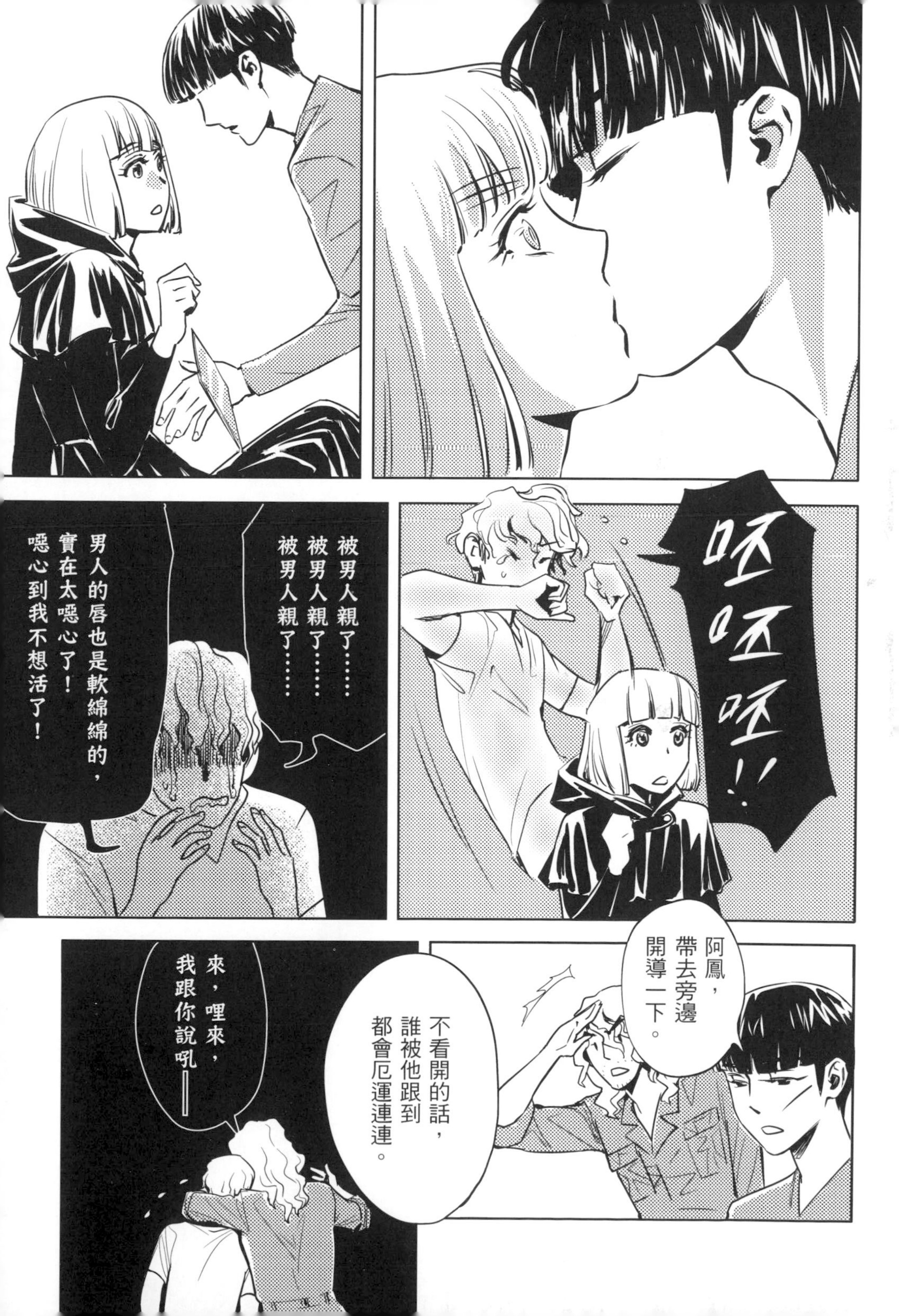

呸呸呸!!
被男人親了……
被男人親了……
被男人親了……
男人的唇也是軟綿綿的，實在太噁心了！噁心到我不想活了！
阿鳳，帶去旁邊開導一下。
不看開的話，誰被他跟到都會厄運連連。
來，哩來，我跟你說吼——

眼鏡。
還沒回神啊？
手還好嗎？
啊？手？
我的手，好痛！
剛剛抓玻璃。
我看看。
不用了，沒什麼！

剛剛的吻讓我
腦袋一片空白，
連手痛都沒發現！
剛剛的吻，
是為了把鬼趕跑……
總之，
我們現在有些
問題要善後。
嗚嗚嗚！
好可怕！
媽媽有鬼！

既然如此，我也不用再裝了。
誰要是出去亂講話，我養的鬼大叔可不知道會做出什麼事喔。
秋冬同學好像有點偏差。
哼哼哼
不對，應該說秋冬同學好堅強！
獨自面對目睹母親發生意外的傷痛，
承受靈異體質帶來的生活劇變，卻不像我這麼懦弱。

看來李晶晶並不是一點意義都沒有的人啊。
我幫你找「人」就是了，不要再找小晶的麻煩！
明天下午兩點在河堤旁的咖啡店。
我會赴約。

你們兩個
跟著我做什麼？
是我害你遇上
這種麻煩的。
少往臉上貼金了，
那傢伙本來就是
衝著我來的。
秋冬的意思是——
「不是妳的錯，
不要放在心上。」
秋冬同學雖然
總說麻煩，
卻也幫了
很多鬼。

秋冬同學的內心
其實很溫柔吧。
你要是早點說，
我就不會……
一個太衝動，
一個太笨，
還是不說的好。
什麼都不說
有比較好嗎!?
我們這種體質，
註定要麻煩一輩子！

既然如此，為什麼不乾脆互相幫忙呢？
秋冬同學都一個人煩惱著，這樣太難受了！
……
我只是，
太習慣一個人了。
以後若需要幫忙，我會說的。
這樣回答就行了吧。
秋冬同學對我笑……

好啦！
說好囉！
我在做什麼？
什麼都看不到，
也感受不到，
更不用說幫忙了。
小晶根本不需要我！
嘶—

到了。
咦？明泰呢？
回去了吧？
open
叮鈴——

從這家店看河景很不錯吧。
少跟我打哈哈了，你要我幫你找誰？
一位高中生。
是你的學生嗎？

不。
是我高中同學。
何志偉。
高三分組後，資優班的同學。
升學考之前溺水身亡，就在這間咖啡店旁的河裡。
是老師的朋友嗎？

我沒有朋友。
不意外。
啊！壞心眼、討人厭，又沒朋友，這種熟悉的感覺原來是像秋冬啊！
你欠揍嗎？
呵呵，有人為了私欲養鬼，
沒想到鬼巴士也做這種事啊。
誰要養這種大叔啊！
阿鳳失憶一段時間了，一時還不知道該拿他怎麼辦才好。

全都忘光光，
一點都想不起來喔！
失憶？
……
嘈雜
嘈雜
唔！

走路要看路啊！
謝明泰!?
還記得嗎？我是何志勇！
小學同學啊！
想不起來嗎？
……
你還好吧？看起來怪怪的……

我記得你。
死了一個
討人厭的哥哥。
混蛋！
呀啊！
吵鬧
吵鬧

你發什麼神經啊！
謝明泰!!

教官室
要不是學校說情，你現在就在警察局！
罰你停課一週，在家好好反省！
真煩人啊——
有點沒胃口。
我也是。

已經兩天沒見到明泰了，
會不會發生什麼事？
他這麼強壯，能發生什麼事？
害怕 發抖
有這麼可怕嗎？
話不是這樣說的吧！
明泰同學、
鳳大叔、
秋冬同學，
還有拉吉，
對我來說，你們都是朋友。

是我第一次擁有的重要朋友。
好朋友不就是要互相關心嗎？
放學後我們去看明泰吧！
秋冬同學大笨蛋！我都說成那樣了！
不要！
小晶太感情用事了。

老師那件事就夠麻煩了。
找一個死去的同學，又說不是朋友。
既然不是朋友，找他要幹嘛？
一定還有什麼沒說出來的隱情。
你能一天不惹事嗎！
養你這麼大到底是為什麼!?

我這不就待在家裡，
哪有天天惹事啊！
這是跟媽媽
說話的態度嗎？
不然要用
什麼態度？
一個外遇，
一個縱容，
陪我的
只有拉吉，
我不覺得你們
有資格管我。
你這孩子……

我怎麼會說
這麼過分的話。
這幾天總覺得
自己怪怪的。
拉吉，
如果你還在就好了……
是他們不好！
大家都跟你作對……
不可原諒！

4 穿梭陰陽戀

我還沒談過戀愛就死了，
卻對他一見鍾情。

哪位？
我是小晶——
喀嚓——
小晶！
妳來看我，我好開心！
我爸媽剛出去，來我房間吧。
太好了，看起來很有精神。
咔啦

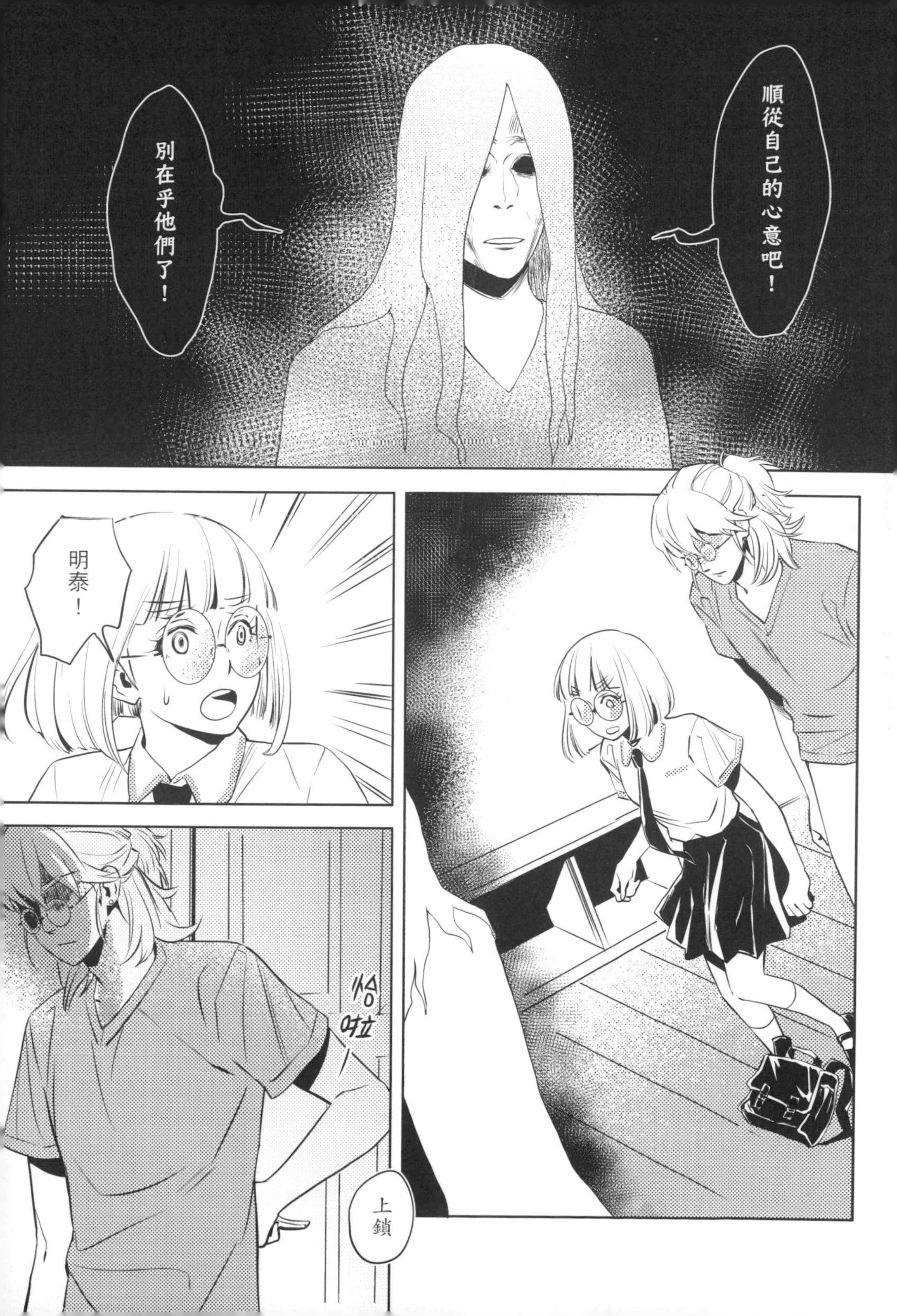
順從自己的心意吧！
別在乎他們了！
明泰！
喀啦
上鎖

我真的好喜歡妳！
小晶！
咦？
咦咦咦咦？
不要這樣！
放開我！

管別人怎麼想呢？
順從心裡的欲望吧！
是妳！不要再影響明泰的心智了！
誰都無法控制我！
明泰同學清醒一點啊！

明泰的力氣好大，
無法掙脫！
不要這樣！
?
砰

呀啊！
好可怕……
不要！

咬!!
嗷嗚——

痛痛痛!!!
汪汪
汪汪
拉吉？
哈哈
咦咦！
我做了什麼!?

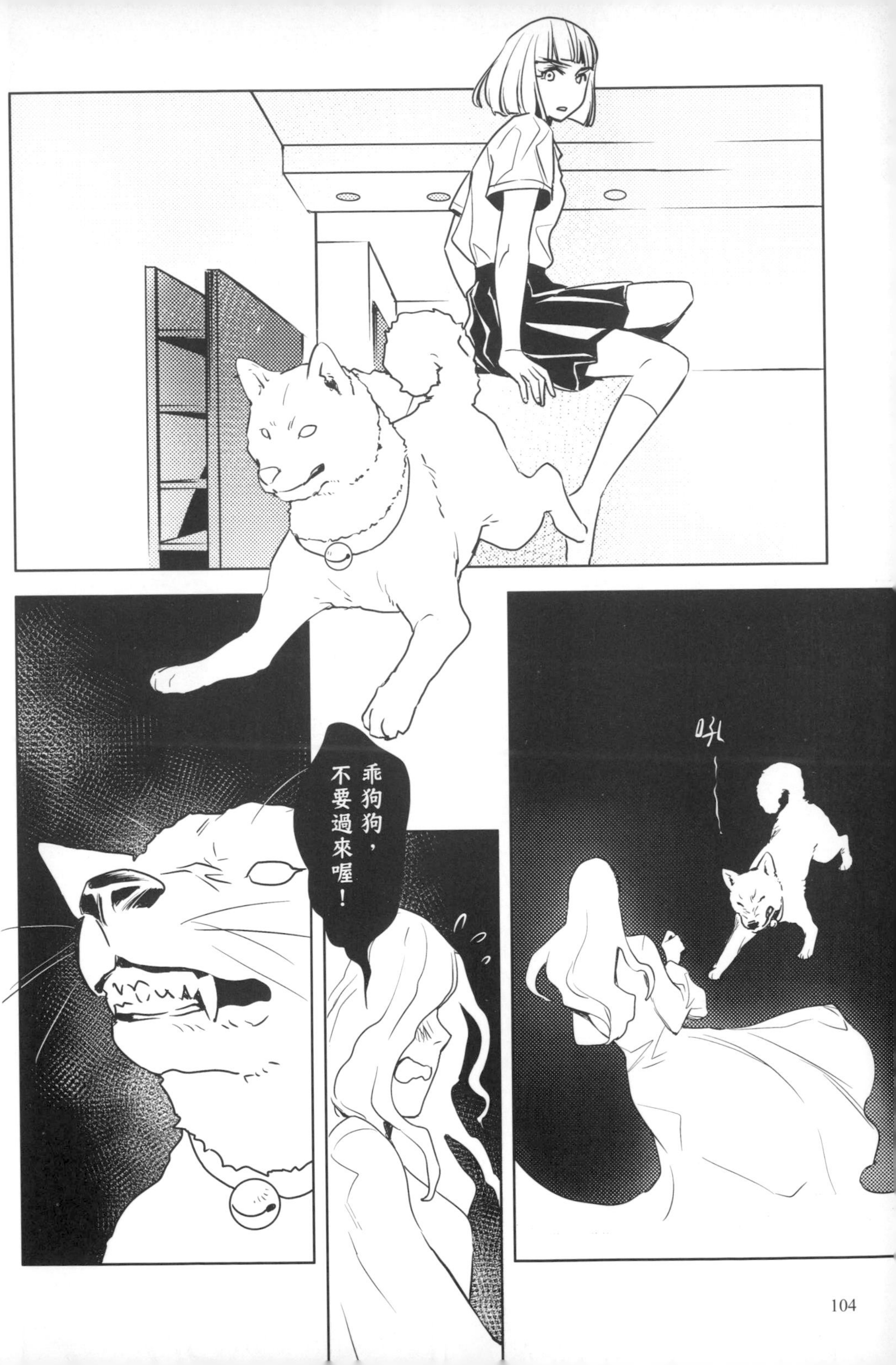
吼
乖狗狗，不要過來喔！

離開明泰同學！不要再控制他了！
不要命令我！
我受夠了被命令的生活！
什麼都不管，只要我考第一名。
出了社會，老闆又要我加班。
人生都還沒開始，就這樣過勞死了……
當了鬼，我再也不要受控制了。
我希望我喜歡的人可以順從自己的心意！
?
?

我還沒談過戀愛就死了。
那天在街上，
我對他一見鍾情。
小晶對不起！我真的不知道怎麼會這樣？
拜託不要討厭我！
捲進了奇怪的事件……

明泰對妳這個那個!?
還好我昨天穿運動內衣，沒那麼好脫。
嚇死我了
笨蛋！這不是重點！
明泰好歹是男生，妳要有點戒心吧！
那女鬼喜歡上明泰，說什麼都不肯走，
還影響了明泰的心智，
得想辦法送走女鬼才行。
真是的，
有想到什麼方法嗎？
我有一個完美的計畫！

我沒有戀愛過，
和心愛的人約會一定很美妙吧。
把身體借給女鬼，讓她跟明泰約會，
女鬼就能心滿意足地升天了！
不行!!
妳是笨蛋嗎!?
沒必要罵人吧！
身體是我的，有什麼不可以！
因為……
就是……
反正就是不可以！

不管啦！
我跟明泰約好了。
……
讓我來吧！
誰知道謝明泰那傢伙，
會不會又神智不清的
對妳做什麼？
可是……
雖然是為了女鬼，
但是好期待喔。
上次去遊樂園後，
就一直沒機會約
小晶出來……
謝明泰。
週末見囉！

我認識這位小姐嗎？
要穿女裝喔！
畢竟人家是女孩子！
余秋冬!?
小晶呢？
來約會吧。
還好我穿女裝滿美的。

只要能達到目的，誰來都是一樣的。
好可愛的女孩子啊，那我就不客氣了！
呀！第一次約會好開心喔！
已經附身了嗎？
說的也是，對小晶做了那種事，她怎麼還敢單獨跟我在一起呢……

秋冬同學好漂亮……
秋冬竟然為了小晶犧牲成這樣。
我要吃冰！
叮咚—
歡迎光臨
何志勇，你在這裡打工啊！
謝明泰……
上次真的很對不起，
當時情緒有點混亂。

是明泰的朋友嗎？
他身邊的鬼……
聽說你哥哥過世了，怎麼會這麼早就……
他在高三升學考前一天，溺死了。

在學校附近的河道。
怎麼會!?
咦!
和老師說的時間和地點都符合!
何志偉……
何志勇……
他們是兄弟!?
好想過去問個清楚喔!
別忘了女鬼正在約會喔!

福記
有空常聯絡喔！
這麼久不見，竟然發生這種事。
意外和明天，誰知道哪個會先到呢？
喂！
喂！
約會怎麼可以心不在焉啊！
呃！抱歉！
差點忘了我在約會。

親一下，
我就原諒你！
這不是余秋冬！
這不是余秋冬！
這不是余秋冬！
開玩笑的！
好多鴿子！
哇！
看她這樣，
就像一般的女孩。
鬼的神祕和恐怖感，
好像都消失了。
但這一切都結束之後，
還是得放下
這世上所愛的一切。

突然覺得能這樣活著，
和大家在一起真好。
今天很開心。
沒想到快樂
是這麼簡單的事，
如果我以前更勇敢一點，
堅持自己想過的生活，
現在就不用讓你
假裝是我的男朋友了。
今天就
到此為止吧。

要結束了嗎？
不論在什麼地方，
我都希望妳能快樂。
不管妳是人是鬼，
我是真心的！

謝謝你。

……
李晶晶——
妳沒說要接吻！

5 來自河裡的召喚

討厭的人消失不是正好嗎？
裝作沒看到吧！

以後再也不幫妳了！
是秋冬同學自願的！
還頂嘴！
你有注意到吧！
嗯，志勇的哥哥……
我的衣服有帶吧！
有啦！
這兩人之間……
毫無縫隙啊！

何志偉！
……
你們是不是搞錯了，志偉是我哥，他已經……
我要找的是何志偉沒錯。
在你身邊那位。

你們看得見我？
距離上次有人看見我，已是好久了。
你在說什麼啊？
你是說「簡海凡」嗎？
你們認識他!?
我們是他的學生，他拜託我們來找你。
時間過得真快，轉眼就當上老師啦，我都還來不及畢業呢。

我不會見他的，你們回去吧。
啊啊，我就知道。
走吧。
唉唉，說些不清不楚的話就走人是怎樣啊！
說了你也不懂。
你只要知道你哥在你身邊就好了。

他不肯見老師
怎麼辦啊？
不知道那個討厭鬼
對人家做了什麼？
人家不想見你喲！
在這種狀況下
跟老師說話
很不禮貌喔。

我知道他不想見我。
所以是他躲著你，不讓你找到？
到底發生了什麼事？
我們是高中同學。
哎呀，手滑了真抱歉！
也不知道他看我哪裡不順眼，一直整我。

我眼睛的傷也是
那時候造成的。
那時候我心想，
如果這個人死了就好了。

我一直這麼想。
沒想到有一天——
何志偉在那幹嘛？
嘩！

沒人看見他嗎!?
討厭的人消失了
不是正好嗎？
裝作沒看到吧！
我在想什麼啊！
這是一條
人命啊！

當天的水流很急，他被沖到一段距離之外……
我趕到的時候，他已經被別人救上岸。
志偉被送上救護車時，已經沒有呼吸心跳。
就因為我的猶豫。
從那刻開始，我受傷的右眼看得見鬼——
請問，
這是什麼地方？

我還在疑惑的時候，
水裡有隻手對我召喚。
我嚇得拔腿就跑。
到頭來，
被詛咒的是我自己。
過幾天，
我鼓起勇氣回到河邊。

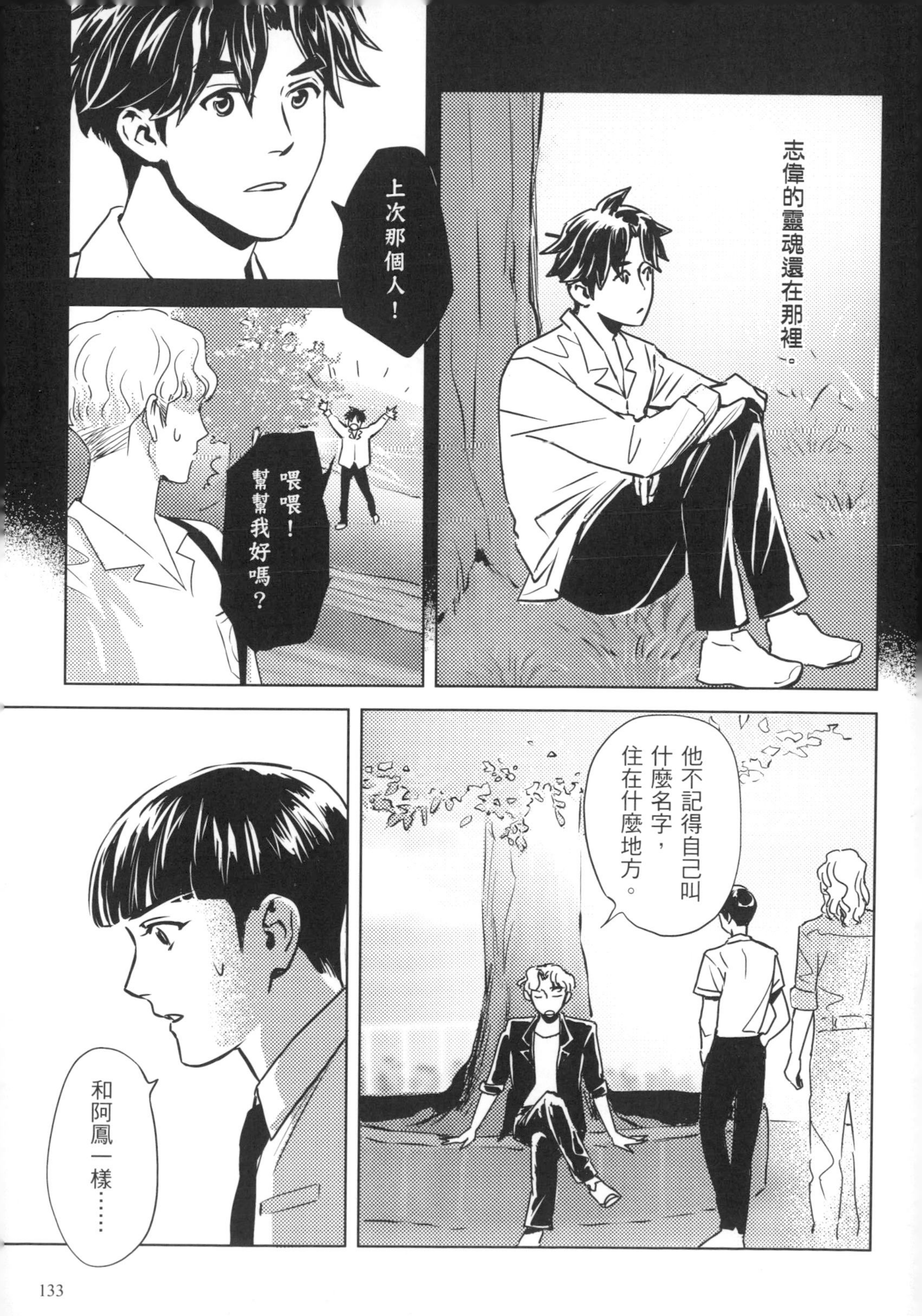

志偉的靈魂還在那裡。
上次那個人！
喂喂！幫幫我好嗎？
他不記得自己叫什麼名字，住在什麼地方。
和阿鳳一樣……

後來我才知道，
他在醫院被搶救回來，
但陷入昏迷。
基於愧疚的心理，
我常到醫院探望志偉。
也到河邊陪他的
靈魂聊天。
他想知道的事，
我都跟他說。
我們在他失憶的
情況下成為朋友。
但我始終沒提起，
過去他是如何對待我的，
而我又是如何見死不救……
直到那天——

他看我的眼神，
彷彿想起了一切。
那表情，
就像以前厭惡我那樣……
嘟嚕嚕——
海凡嗎？
我是志偉媽媽，
謝謝你常來看志偉。
志偉今天拔管了，
我想應該讓你知道。
我都想起來了！

志偉恢復記憶後，就對我避不見面。
恢復記憶……
所以志偉的失憶和昏迷有關嗎？
或許吧。
謝謝你們幫忙找到人，
剩下的我自己來。

叮鈴——
歡迎光臨！
一碗芒果冰。
叩

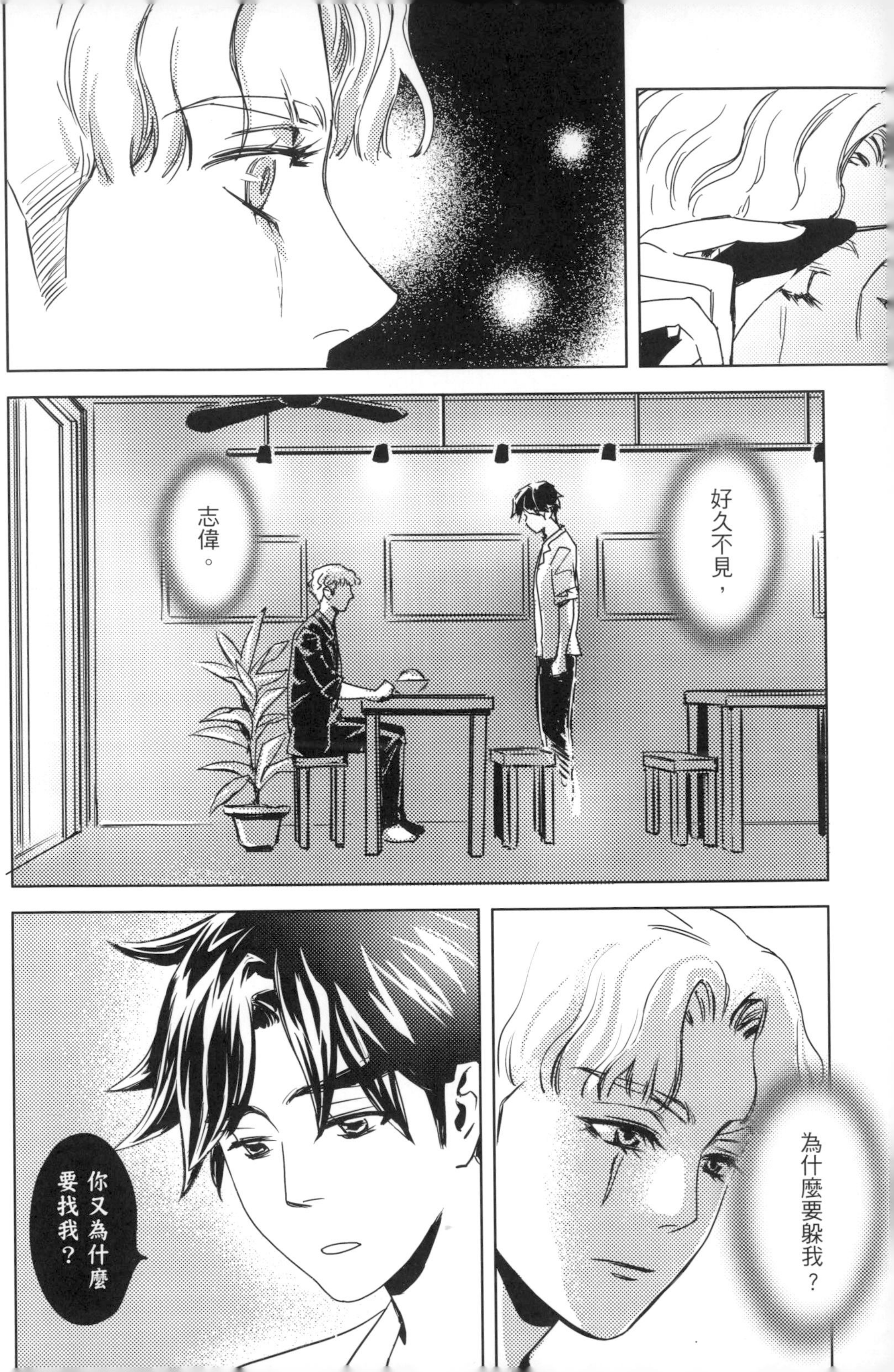
好久不見，
志偉。
為什麼要躲我？
你又為什麼要找我？

我以為，
我們算是朋友。
會成為朋友，
是因為我失憶了。
所以恢復記憶後，
發現還是很討厭我，
才躲著我嗎？
我不討厭你。

只是當我恢復記憶那瞬間，
想到的，都是我如何惡整我最要好的朋友。
沒想到我是這麼卑劣的人，根本沒臉見你！
沒臉見你的是我才對！
那天我看見你溺水，
但我竟然猶豫要不要救你。
我一直忘不了那個畫面，是我害死你的！

什麼嘛！
那我們就扯平囉！
……？
既然我們雙方都有愧疚，那就一起原諒對方吧！
我的死，你也不要放在心上了！

志偉……
這樣，我們還是朋友嗎？
嗯，還是朋友。
太好了！

謝謝光臨！
叮鈴—

這樣以後不會再找我麻煩了吧。
……
我……
還活著嗎？

6 夢中追兇

你很奇怪，
一直來我夢裡做什麼？

最近腦海裡
總有些畫面……
這個女子是誰呢？

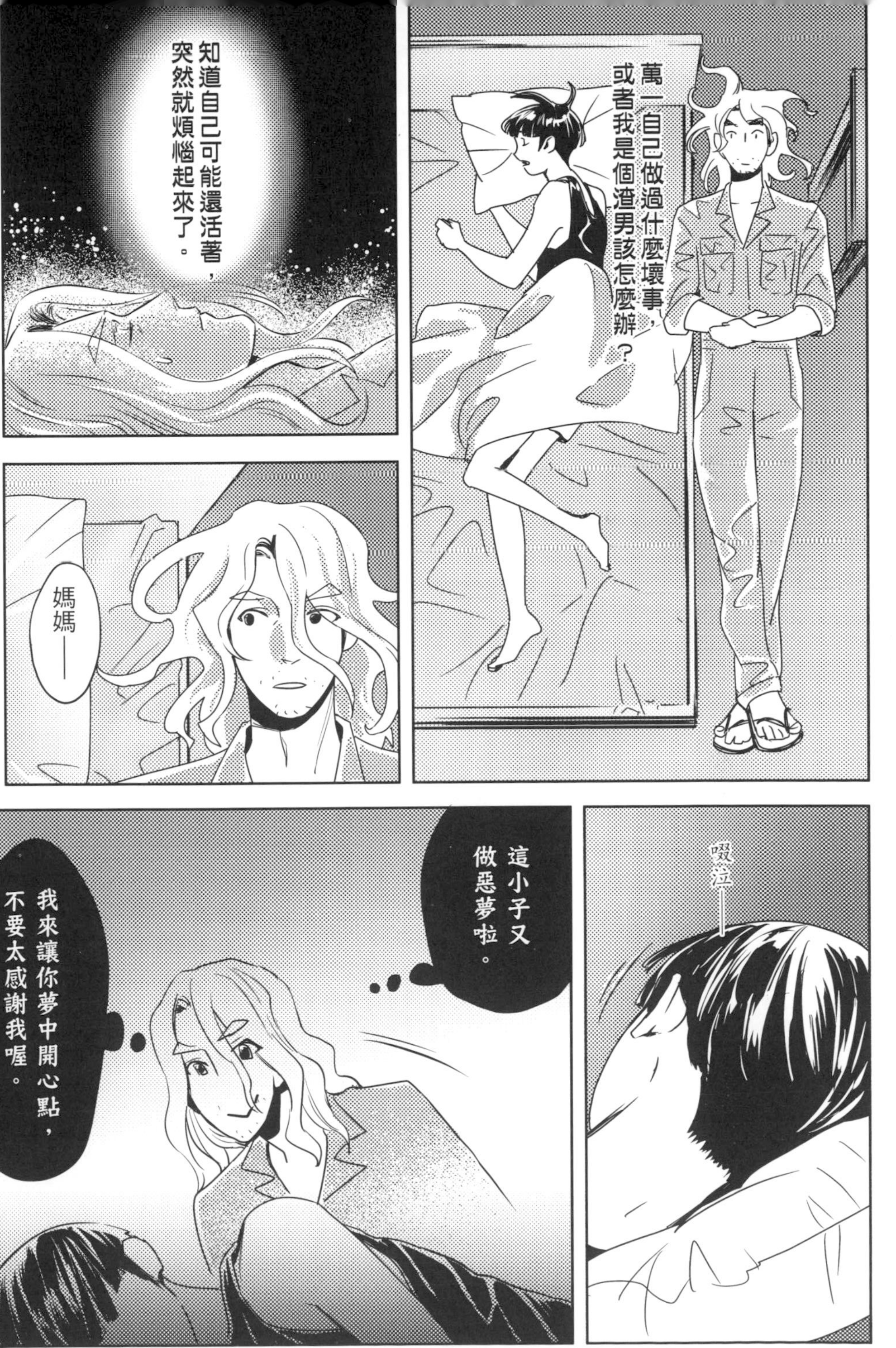
萬一自己做過什麼壞事，
或者我是個渣男該怎麼辦？
知道自己可能還活著，
突然就煩惱起來了。
媽媽──
啜泣──
這小子又
做惡夢啦。
我來讓你夢中開心點，
不要太感謝我喔。

嗚嗚嗚……
別哭啦，
這只是夢，事情都過去了。

看叔叔很好笑吧！
車子——
車子？

車子裡的人……
阿鳳，
你在我夢裡做什麼？
我……

哈哈哈，看你一直做惡夢，想幫你換換情境嘛！
不要再做這種事了！
秋冬，要出發了！

那個墓碑，我記得是秋冬媽媽的，那位小姐是誰呢？
希望妳可以原諒他，讓他早日醒過來……

唧唧——
難得全家一起來看媽媽，今天是什麼日子？
都是你啦，害我沒睡好！
是媽媽忌日。

……
對秋冬來說，
每年這個時候，
都是在提醒家人，
是自己害死母親的。
但真正的兇手……

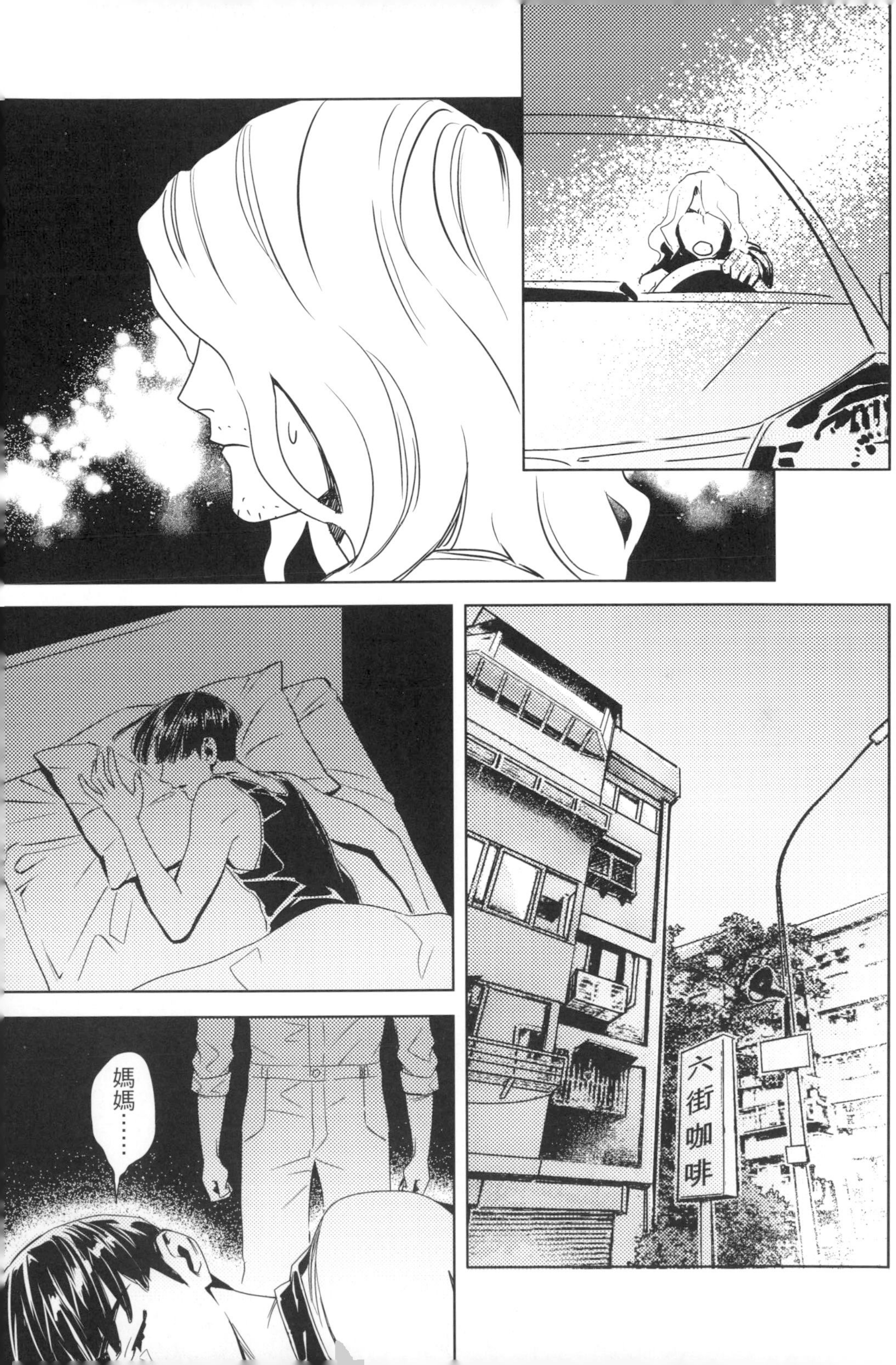
六街咖啡
媽媽……

進去確認看看吧，
車上的人——

!
是我!?

是你！
是你！
阿鳳！
你又到我夢裡了！

你最近很奇怪耶！
一直來我夢裡做什麼!?
是你！
我……
一個人睡不著
好無聊啊！
你本來就沒
在睡覺的吧！

秋冬的潛意識清楚記得當時的畫面，只是他沒想起來。
若有一天，他發現是我撞死他媽媽……
姊，我去一下超商。
幫我買衛生棉！
喔！
♪♫
六街咖啡

等秋冬找出我的過去，
他遲早會知道
我是撞死他媽媽的兇手。
不如我親自告訴他吧。
秋冬，
我們算是朋友吧？
嗯，不知道。
放棄
說不出口！

冬秋知道了，會是什麼反應？
不想被秋冬討厭啊！
我要自己找出答案！
等我找回自我，一定會回來面對你的！

阿鳳這傢伙
最近有點奇怪，
難道是因為知道
他有可能還活著？
但也只是
「可能」啊！
我還是和阿鳳
溝通一下好了，
免得他亂想。
阿鳳！
人呢？

廣一甲
不見了!?
一回頭就不見了。
也不說一聲，真讓人擔心。
原來秋冬同學會擔心鳳大叔啊，
還以為你因此很開心呢！
說這什麼話！
就像流浪狗餵養久了，也會有感情的！
鳳大叔跟拉吉是同等級的……

不好意思，搭個便車喔。
就是這裡了。
那個色鬼說我們都在這附近工作，
這是我唯一的線索了。
不過接下來我該怎麼辦呢？
想當初也是這樣，
沒人看得見，也沒人聽得見我。

直到遇見秋冬——
難道是註定的嗎？
在茫茫人海中抓住你，
但我卻是撞死
你母親的兇手……

回來後才發現，
我遇見秋冬的地方，
和秋冬母親發生意外的地點，
以及我生前工作的場所，
都在附近，
但是我的靈魂怎麼
沒有留在意外現場呢？
難不成是從救護車上
掉下來了嗎？
秋冬母親的鬼魂
又在哪裡呢？

這裡是第一次遇到阿鳳的地方，
當初不想經過媽媽發生意外的地方才繞路，結果在這裡遇到阿鳳。
難道阿鳳跟著我無聊了，自己去找過去的記憶了嗎？
要走，好歹也說聲再見吧！
銀行
這附近不是銀行就是壽險公司。
色鬼說我在附近工作，穿西裝打領帶的……
好難想像。

大街上就這樣恩愛……
明天見啦。
花坊
一束玫瑰花。
喂，好久沒見了，真想妳。
一會兒見。

這傢伙，腳踏兩條船！
害女人傷心的男人！
前腳跟女友吻別，轉身就跟別的女人約會！
晚上給你連番惡夢，讓你再也不敢劈腿！
正好我也不想露宿街頭，走吧走吧！
班尼愛
義式餐廳 精緻

好久不見了，買花耽擱了一會兒。
花很美，謝謝。
是那天的……

既然這麼有緣，一定要警告妳！
這個男人不行啦！比他好的人多得是！
不知道為什麼，
對這個女子，有似曾相識的感覺。
這次需要多少錢？
有一些狀況，所以……
是這種金錢關係啊。

錢不是問題，可是妳也該停止為那個人付出了。
回家吧，百合。
哥，我不可能丟下他的。
什麼嘛！原來是兄妹！
妳不可能守著他一輩子的。
真是的，有這麼好的哥哥，就回家去吧！
不管你說什麼，我不會再離開他了。

我不會再離開鳳吉了！

7 千金與黑手

她為我付出這麼多。
我卻什麼也不記得。

謝謝哥，我該回去了。
妳是該回去了。
你說過會幫我的。
這是爸的意思。
快放開她！聽到沒有！

!
!!
救命！變態啊！
百合！
不用追了。
她認識我！不能不追啊！
秋冬！只能找秋冬了!!

先生這裡要左轉啦！拜託一下我趕時間啊！
我是在對牛彈琴嗎!?
這樣還要多久才能到秋冬家？
鈴鈴——
秋冬!!
快遲到了！
不要走！

不要離開我……
沒人聽得見、看得見我……
好痛苦……
鳳大叔——
小晶!!

秋冬！見到你們真好！
有人能說話真是太好了！
說什麼鬼話，是你自己不告而別。
我找到了！那個女人認識我!!
你對她有任何印象嗎？
沒有，可是她似乎知道我在哪裡！
是他！

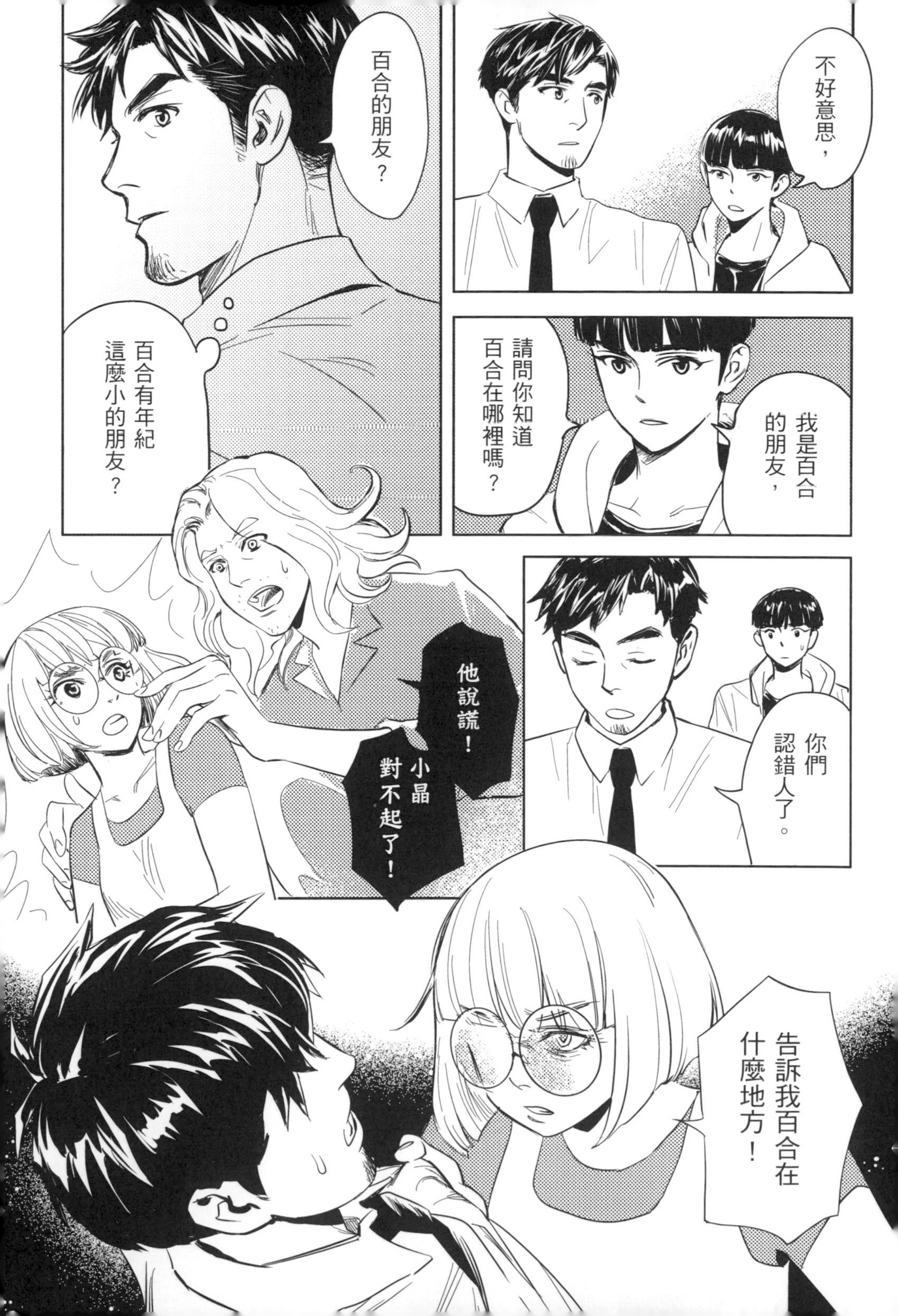

不好意思，
我是百合的朋友，
請問你知道百合在哪裡嗎？
百合的朋友？
百合有年紀這麼小的朋友？
你們認錯人了。
他說謊！
小晶對不起了！
告訴我百合在什麼地方！

抽動
我又多心了……
快醒來好嗎？

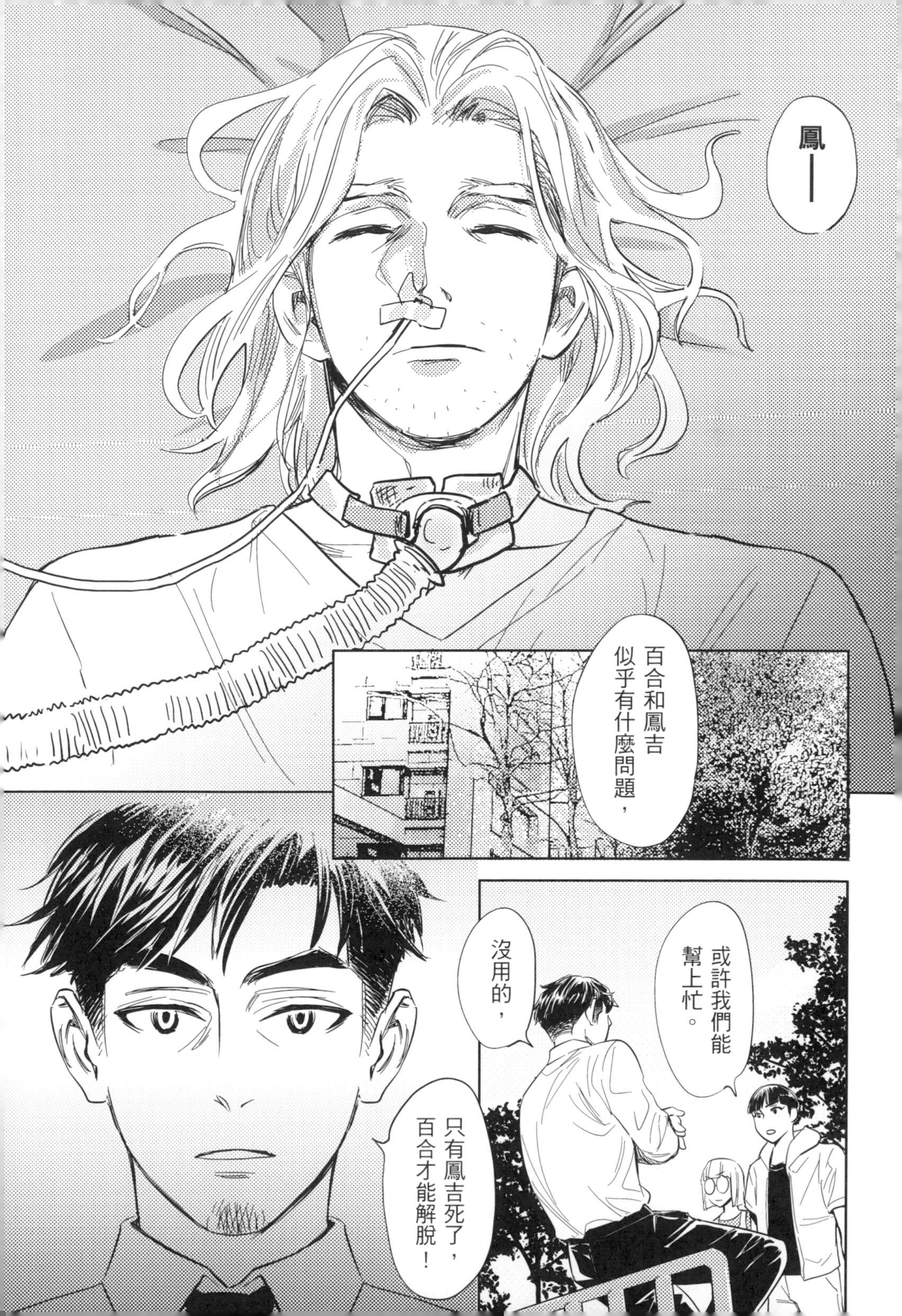
鳳──
百合和鳳吉似乎有什麼問題，
或許我們能幫上忙。
沒用的，
只有鳳吉死了，百合才能解脫！

百合和鳳吉
是戀人。
身為銀行世家
唯一的千金，
當百合開心地分享
她交了一個男朋友，
我談戀愛了！
我和父親都替她高興，
父親很期待對方是
門當戶對的好人家。

結果出現的是在機車行當黑手的鳳吉，
邋遢不修邊幅、染著大金髮、鬍子也沒刮。
還穿藍白夾腳拖。
對!!
有人這樣見岳父的嗎!?
我父親簡直快氣瘋了。
原來是攀上千金啊。
所以就分開了嗎？
不。

父親同意百合嫁給鳳吉，
條件是辭掉原來的工作，來銀行上班。
鳳吉答應了。
但公司流言蜚語不斷，說鳳吉是為了錢，才跟百合在一起。
不到一年，鳳吉就離開公司，
再見到他的時候，已經在病床上昏迷了。
那些隱約可見的畫面，就是我和百合的回憶嗎？

606
百合，
十年了，放手吧。
伯父、伯母，
不要放棄鳳好嗎？
錢的問題，我會想辦法的！

我們也不願意，
但看他一直受苦，
我們的心更痛。
不好意思，
請問——

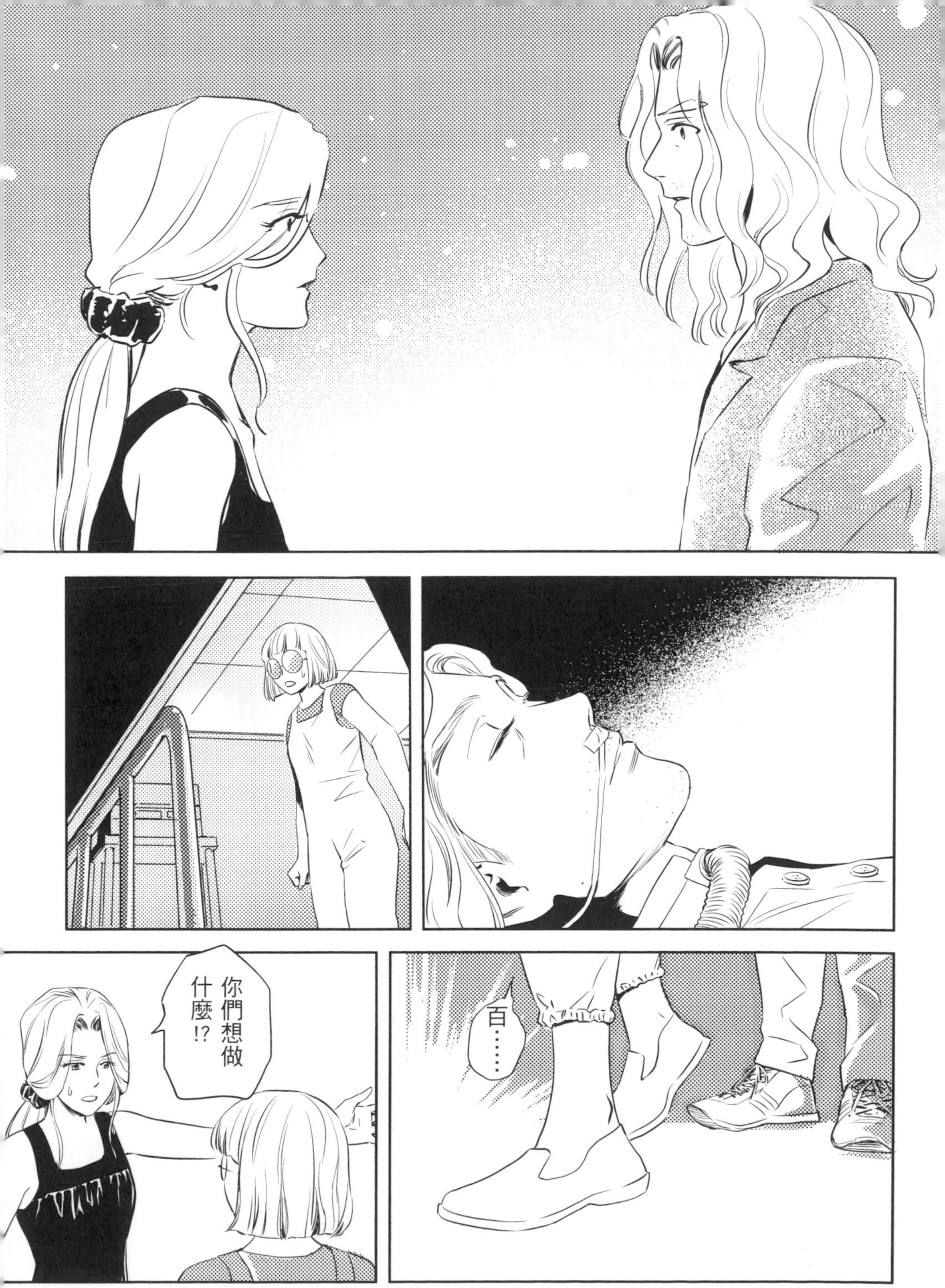
百……
你們想做什麼!?

你就明說吧。
百合，我是鳳吉。
這些年，我的靈魂失憶，在外漂流，
這個女孩把身體，暫時借給我，我才能和妳說話。

我知道很難相信，
但我真的是鳳吉！
是我父親
派你來的嗎？
為了讓我回去，
什麼方法都想得
出來！
鳳昏迷這十年，
為了堅持下去，
我營造鳳的生活痕跡，
更新鳳的社群活動，
和求職資料，
用他的身分，
和不知情的朋友聊天，
過得像神經病一樣！
抓
然後妳站在這裡，
跟我說妳是鳳!?

這位女子為我付出這麼多，
我卻什麼也不記得……
我會守護妳一輩子，
小百合。
對不起，
明明說好要守護妳的，小百合。
鬆開
鳳？

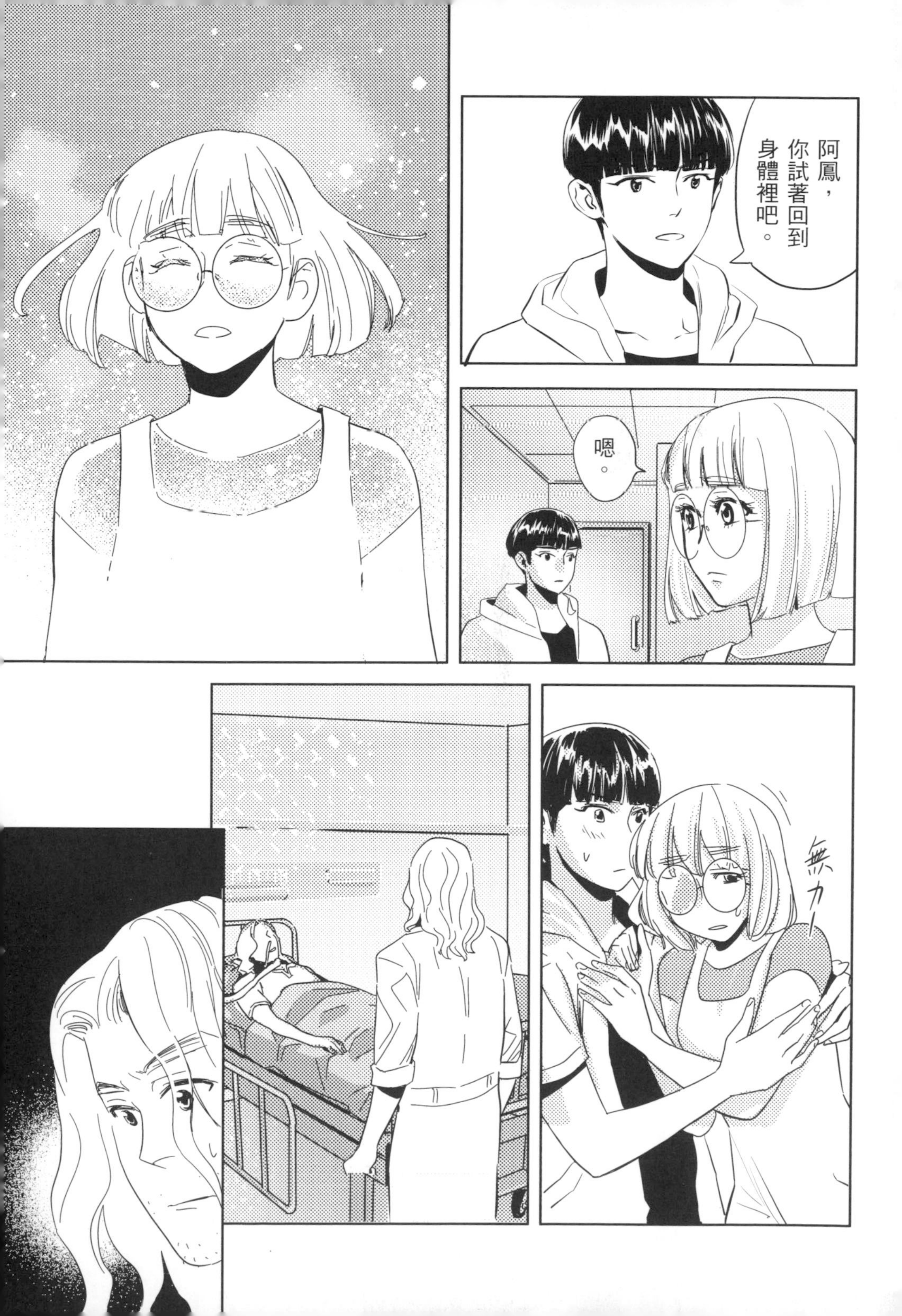
阿鳳，你試著回到身體裡吧。
嗯。
無力—

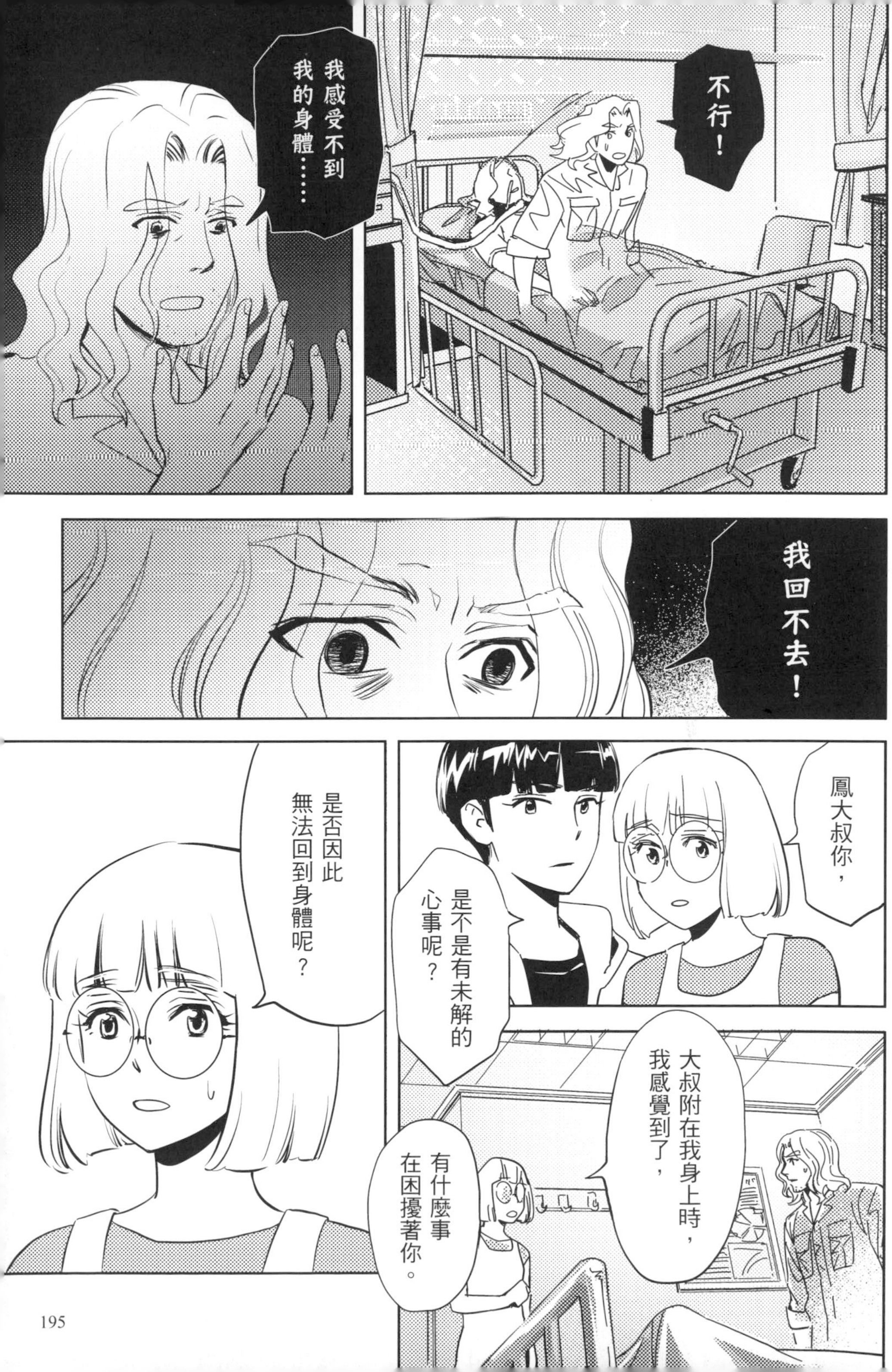
不行！
我感受不到我的身體……
我回不去！
鳳大叔你，
是不是有未解的心事呢？
是否因此無法回到身體呢？
大叔附在我身上時，我感覺到了，
有什麼事在困擾著你。

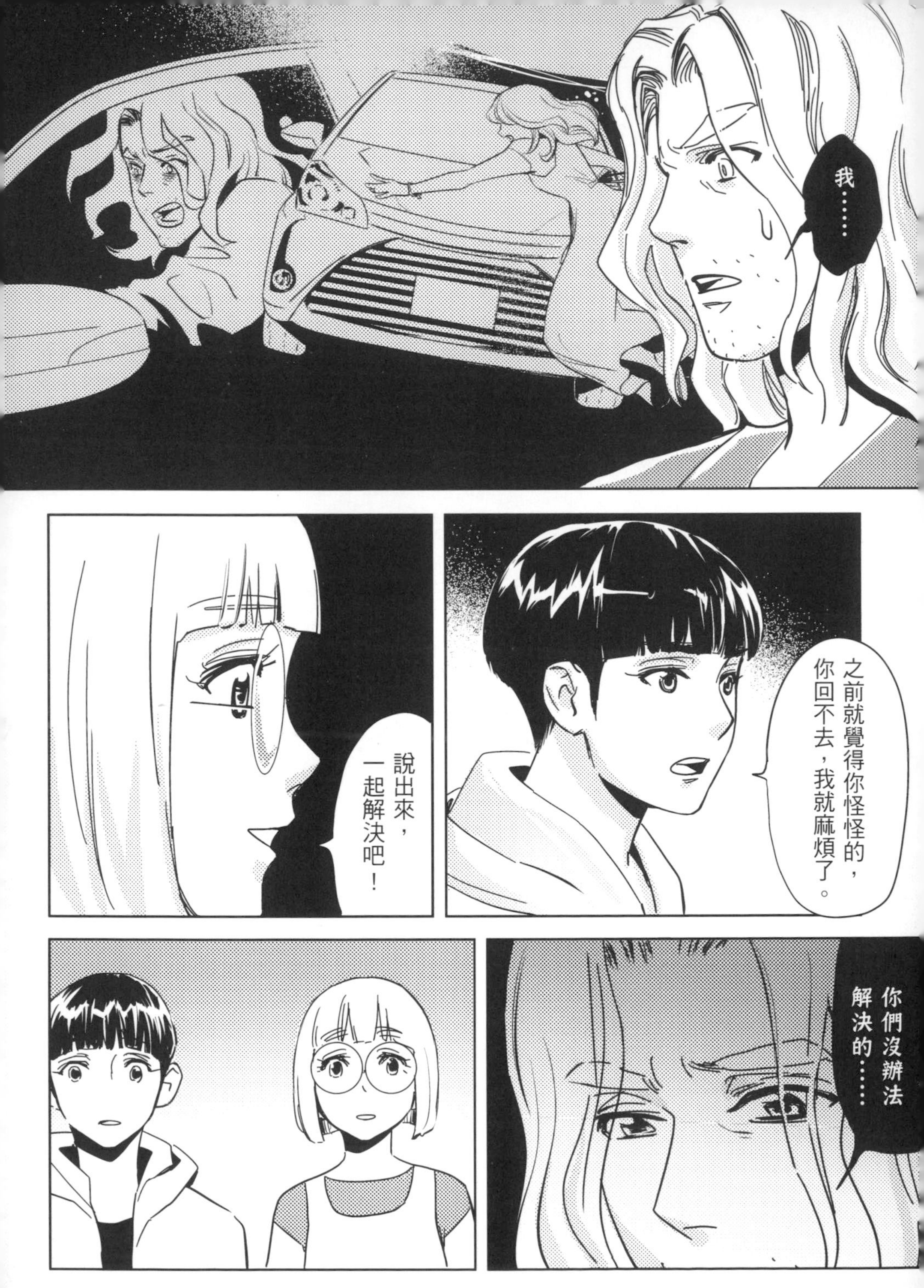
我……
之前就覺得你怪怪的，你回不去，我就麻煩了。
說出來，一起解決吧！
你們沒辦法解決的……

我在秋冬夢中看見了，
你潛意識裡清楚記得撞死你媽媽的兇手……
你在說什麼啊？
是我。
震動
震動
是我撞死秋冬的媽媽!!
破裂
呀啊！

……
鳳真的在這裡嗎!?
鳳的父母決定下週讓他拔管！
拜託妳救救鳳！

這下我真的要死了……
秋冬同學、鳳大叔，怎麼會變成這樣!?
隆隆——
滴答——

嘩！
是阿鳳……

8 愛的道別

還好
每天都有說，
愛。

秋冬同學
沒來學校……
雖然鳳大叔找到親人，
得以留在他們身邊，
這樣就夠了，
小晶謝謝妳。
但鳳大叔和秋冬的問題，
似乎就是鳳大叔無法醒來
的原因……
嗷嗚——
拉吉也很擔心
他們嗎？

發生什麼事了嗎？
秋冬同學的家人！
秋冬整晚都沒回家，也聯絡不上他。

晶晶妳知道什麼就說出來吧。
我說了，你們也不會相信的……
我和秋冬同學看得見鬼。
有一個鬼大叔失憶了，
他叫做——
停！
現在不是亂說話的時候！

我沒有亂說！
沒辦法了……
爺爺說他沒吃到蘋果。
爺爺？

昨天
爺爺，蘋果放這裡給你吃喔！
叮咚
哎呀！我忘了今天跟朋友有約。
切蘋果給他們吃好了。
……
爺爺確實沒吃到蘋果……

夠了！
我弟弟失蹤了，不想聽你們胡說八道！
聽她說完吧，
到目前為止，我相信她說的。
爸！
我要知道秋冬發生的所有事。

秋冬他，遇到了撞死他媽媽的大叔的鬼魂！
妳是說鳳吉嗎？
所以真的是鳳大叔！
說起來他也是受害者。
是這件事的話，我知道該去哪裡找他了。
妳可以一起來嗎？
我想在路上聽聽這陣子發生的事。
和秋冬同學的笑容好像……
好的！

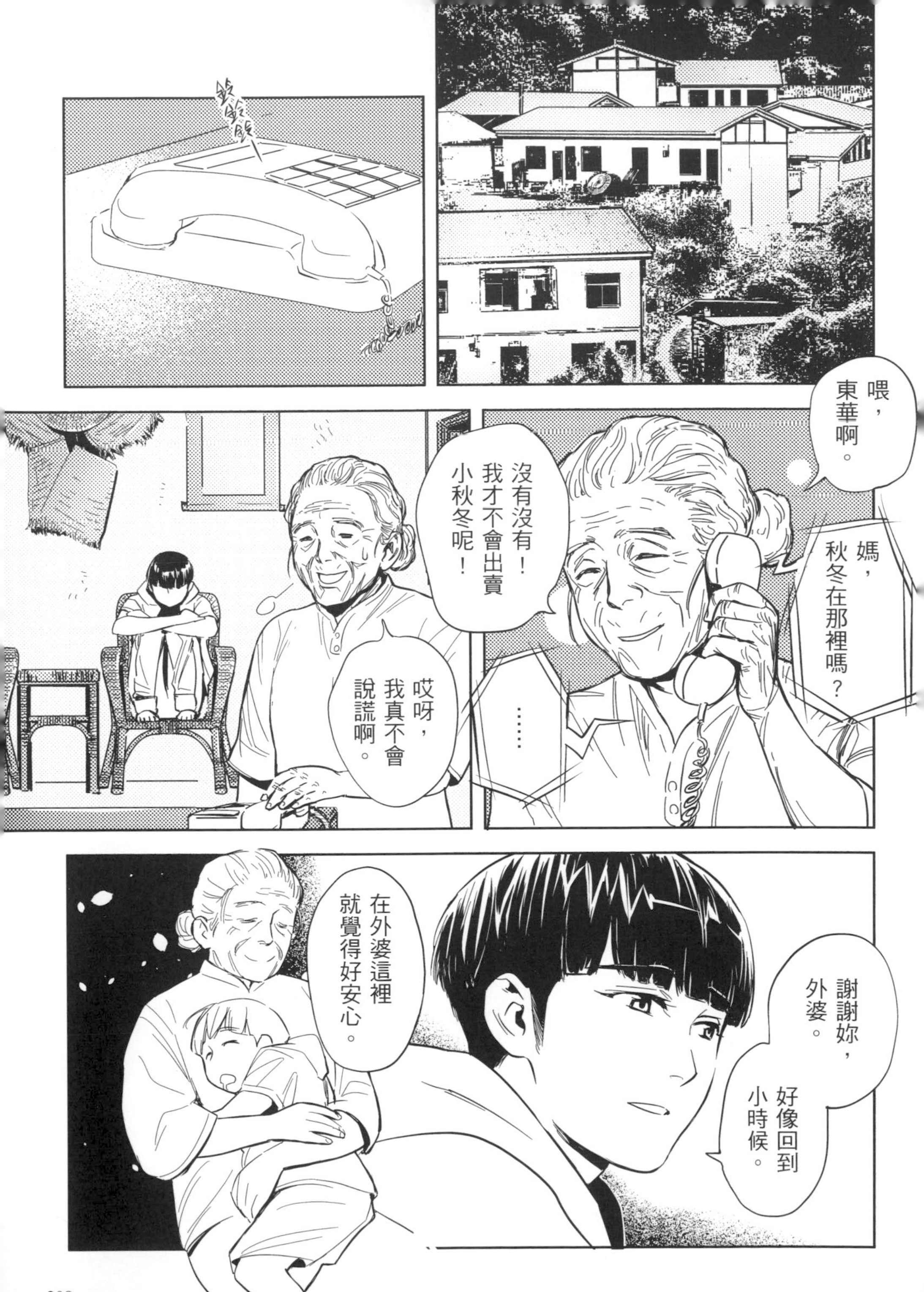
鈴鈴鈴
喂，東華啊。
媽，秋冬在那裡嗎？
……
沒有沒有！我才不會出賣小秋冬呢！
哎呀，我真不會說謊啊。
謝謝妳，外婆。
好像回到小時候。
在外婆這裡就覺得好安心。

第一次看見鬼
也是在外婆家！
我兄弟姊妹死得早，
常都來找我玩啊！
舅公看起來好兇，
小時候好怕他！
因為小秋冬，
外婆才能放下對
離世親人的牽掛。
但是，
我卻從來沒有
見過媽媽。

秋冬！
太好了，你果然在這裡！
你這孩子……
爸爸好擔心你啊！
我……

我見到那個人了！撞死媽媽的人！
鳳吉先生是嗎？
嗯。
其實，
我曾去醫院找他們理論，
才知道鳳吉先生陷入昏迷，
但我還是不甘心的在病房大吵大鬧。

……
辦完秀雪的後事，我才冷靜下來。
我知道這對兩家人都是不幸的意外。
我回到醫院想道歉，
但他們擔心我再去鬧事，早已經轉院。
爸爸不希望你恨他。
對方是撞死媽媽的人耶。
會恨也是理所當然的吧。
我不恨阿鳳，我只恨我自己。
如果不是我，阿鳳不會躺在那裡，媽媽也不會死了。

我才是真正的兇手，
我無法面對爸爸和姊姊，
也無法面對阿鳳。
還有一件事，
我也從來沒說過。
？

秀雪回來過。
媽媽回來過!?
你還記得媽媽以前常帶你去的公園嗎？
嗯……
那時候我還沒整理好心情，
擔心自己不能好好照顧你們，
讓你到外婆家住了一陣子。
有天你打電話給我。
爸爸，我想去公園找媽媽。

因為我發現自己可以看見死去的人，
我想見到媽媽，所以才……
雖然有點不知所措，但我還是帶你去了公園。
當時有個小女孩跟你一起玩。
我記得她，看起來年紀跟我差不多，
但我卻不覺得她是孩子。

離開前她親了我的額頭，所以印象很深刻。
不過終究沒見到媽媽……
不，你已經見到媽媽了。
秀雪每天起床都會親吻你們的額頭，
睡夢中的你們從來沒有察覺。
這麼說起來，那時候……
大姊姊——

小妹妹怎麼了啊？
和秋冬一樣……
那女孩離開前跟我說——
孩子們就拜託你了。
我知道那個女孩就是秀雪。
我希望你們能走出意外的陰影，
才沒提起這件事，
但其實走不出來的人，是我……
……

啊啊啊～～～
原來是你們啊！
?
小妹妹，
小妹妹妳迷路了嗎？
我小時候曾經迷路，在路邊哭著找媽媽。
嗚嗚嗚，媽媽！

在找媽媽嗎？
啊啊，看起來真可怕！
哎呀，怎麼哭了呢！阿姨不是壞人！
阿姨身上都是血！

阿姨被車撞，但已經不要緊了。
不痛了嗎？
嗯，完全不痛了喲！
所以阿姨已經死掉了？
嗯，
阿姨已經死了。
妳媽媽去那邊找妳了。
那阿姨的家人呢？
阿姨不回家嗎？
我無法自己離開這裡，別擔心我，快去找媽媽吧。
我可以幫阿姨，跟我走吧。

不好意思，麻煩妳了。
小心不要碰到我喔！
好的。
妳真是個善良的孩子，
和我兒子一樣大呢。
這場車禍來得太突然了，
希望能好好跟他們道別，
讓他們知道我很好，
不過已經不可能了。
後來就像你們說的那樣。
妳確定嗎!?

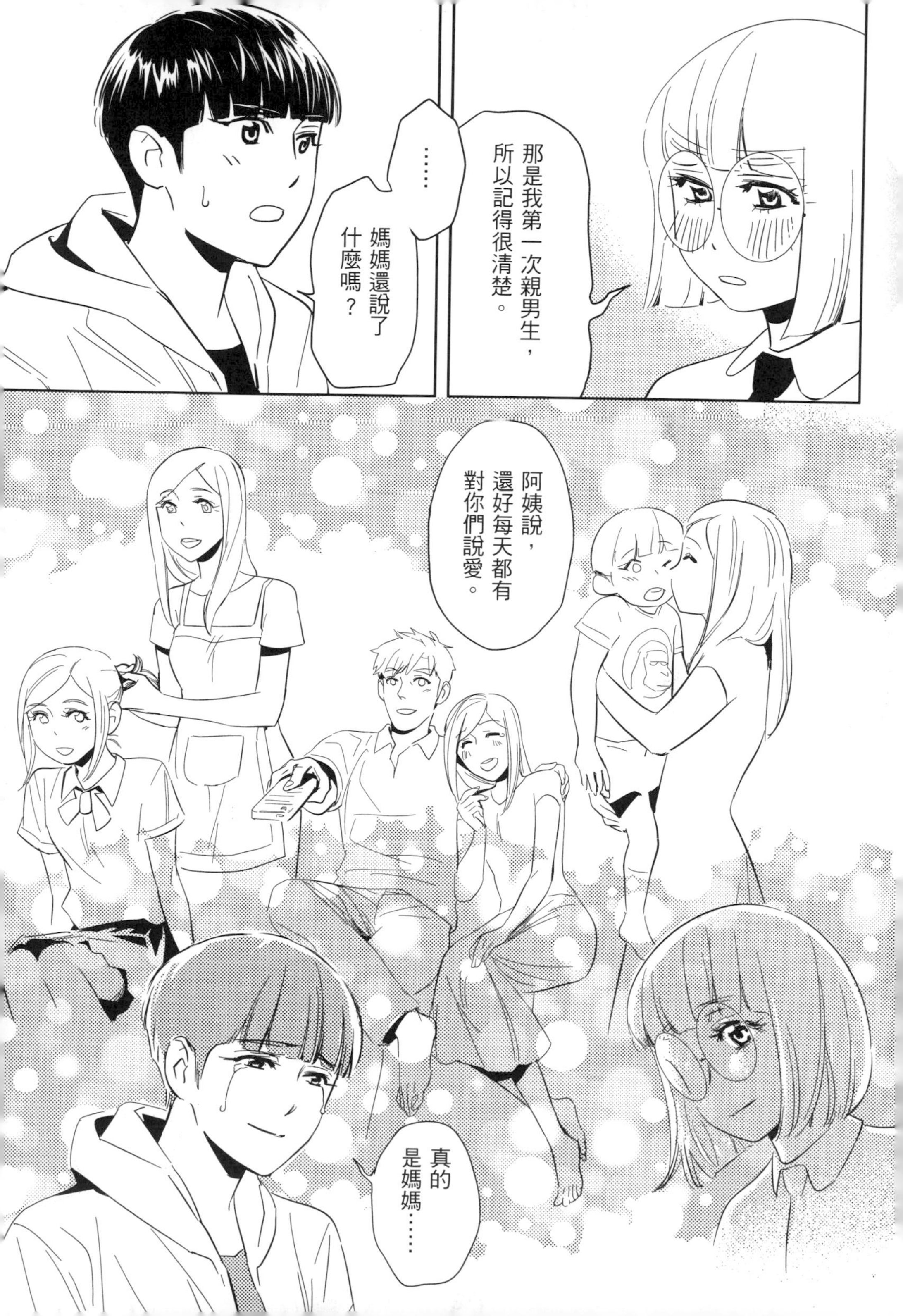
那是我第一次親男生，所以記得很清楚。
……
媽媽還說了什麼嗎？
阿姨說，還好每天都有對你們說愛。
真的是媽媽……

謝謝。
不、不客氣!!
嗶——
鈴鈴——
拜託你們救救鳳!

非家屬麻煩先離開。
不要碰他！放開我！
家屬準備好的話，要進行拔管了，
小百合夠了，妳已經盡力了。

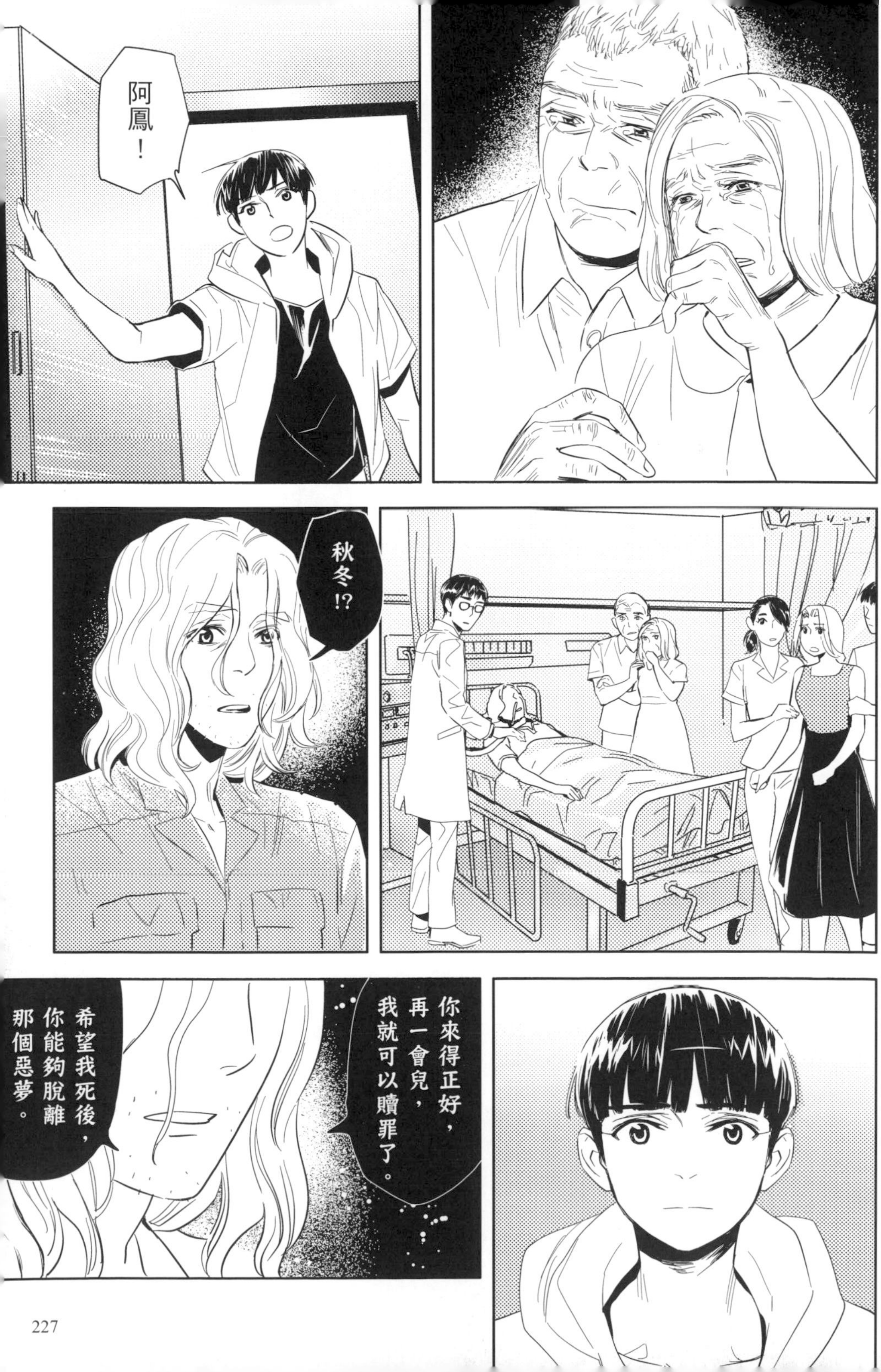
阿鳳！
秋冬!?
你來得正好，再一會兒，我就可以贖罪了。
希望我死後，你能夠脫離那個惡夢。

你要是這樣死了，我就又多一個惡夢了！
不好意思，現在謝絕訪客。
那兩位同學請出去。
要說對不起的人是我！
再給我們一點時間。
因為我，這一切才會發生。

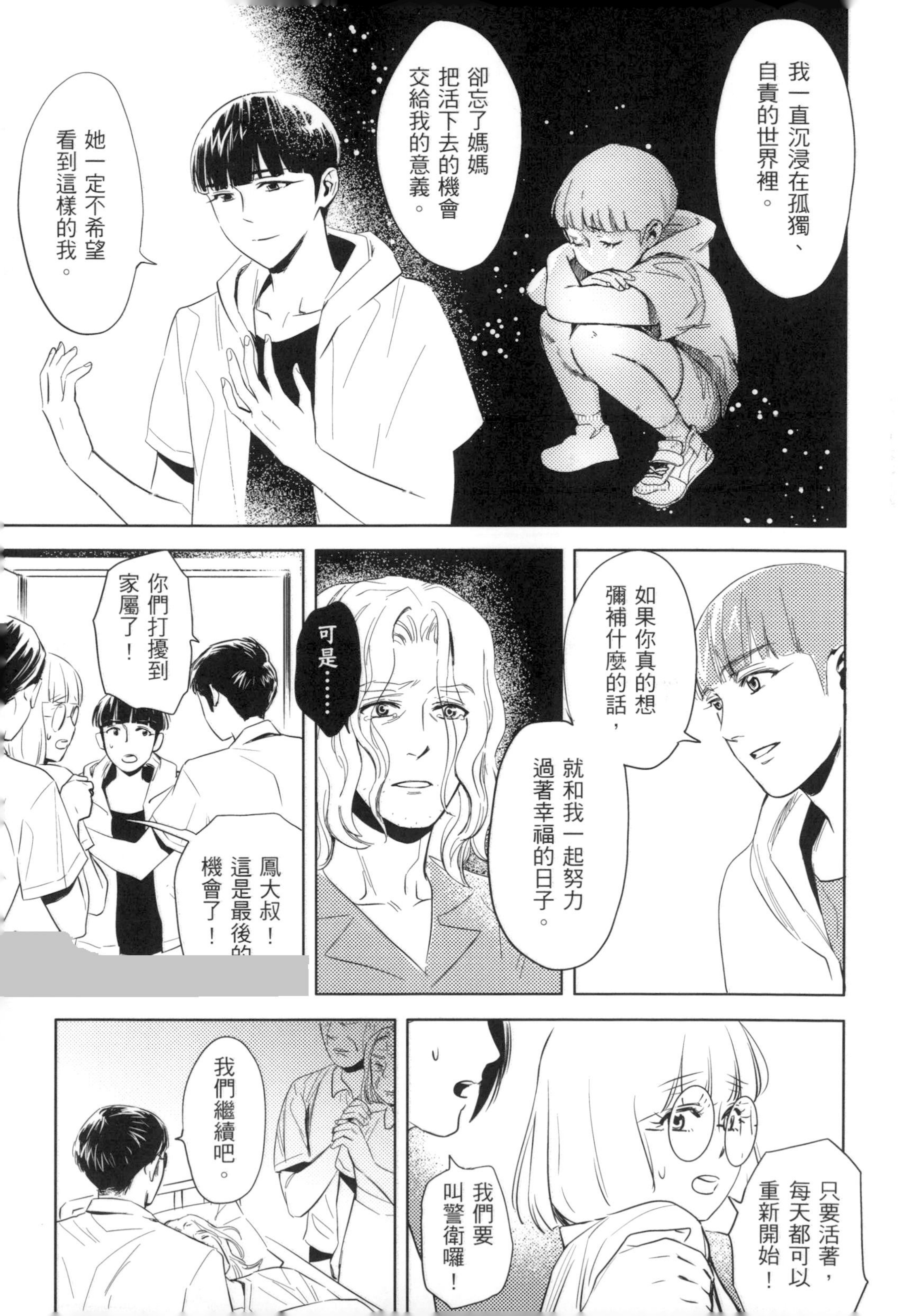
我一直沉浸在孤獨、自責的世界裡。
卻忘了媽媽把活下去的機會交給我的意義。
她一定不希望看到這樣的我。
如果你真的想彌補什麼的話，
就和我一起努力過著幸福的日子。
可是……
你們打擾到家屬了！
鳳大叔！這是最後的機會了！
只要活著，每天都可以重新開始！
我們要叫警衛囉！
我們繼續吧。

鳳！
十年了！
說好的教堂婚禮呢!?
如果你在這裡，快點給我醒來！
小百合……
秋冬……

鳳大叔那件事後，過了一年，
生活一如往常的平凡。
但又有點特別。
嗷嗚
晚上吃燉牛肉喲！拉吉！
秋冬同學！
妳很慢耶。

沒想到鳳大叔就這樣忘記我們了，
感覺有點寂寞呢。
過這麼久了，妳還在想這個啊！
哇啊！
你看你看！
？

——全劇終——

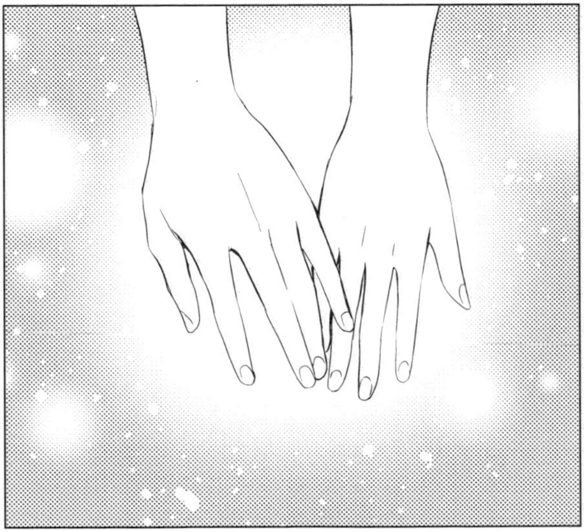

番外篇：新年快樂
每到新年，我們全家會回鄉下外婆家。
這裡不像城市快速變化，這麼多年過去，仍是印象中小時候的景象。
我們回來了！
外婆！
我的小秋冬來啦！
小秋冬好想妳喔！

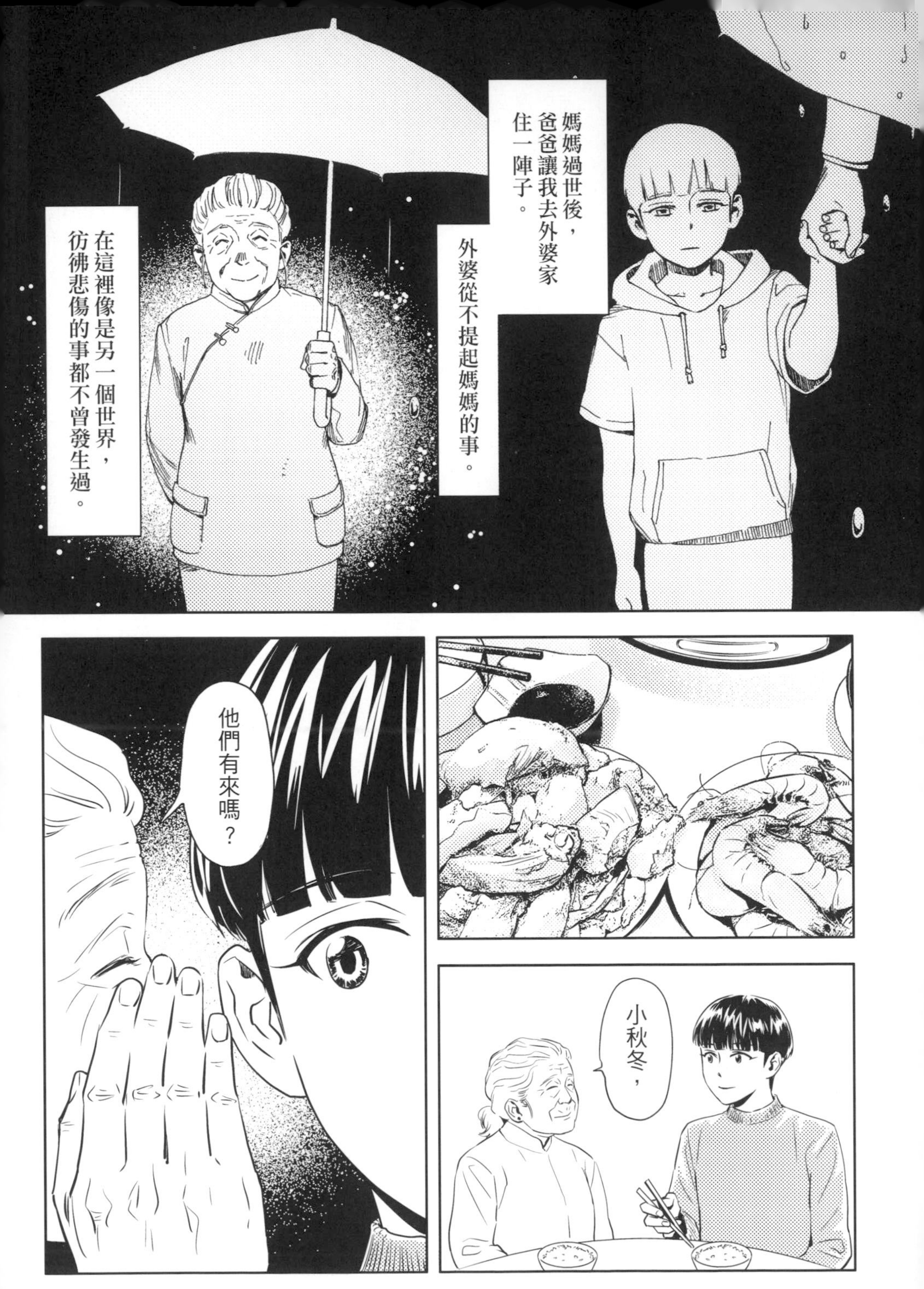

媽媽過世後，
爸爸讓我去外婆家
住一陣子。
外婆從不提起媽媽的事。
在這裡像是另一個世界，
彷彿悲傷的事都不曾發生過。
他們有來嗎？
小秋冬，

有喔！外婆的兄弟姊妹都來了。
還有外公，就在外婆身旁，
說會一直陪著妳，還說——
新年快樂。
好、好。
我知道他一直都在。
大家吃飯吧。

小秋冬多吃點，才會長高高喔！
來不及了啦！

番外篇
後來的我們
秋冬同學不下水嗎？
不用了……
我才不想跟「他們」一起玩水呢。
還有，
我們都什麼關係了，還叫我秋冬「同學」。
叫習慣了嘛！
而且我們只是牽手的關係而已啊……

妳是在暗示我嗎？
絕對沒有!!
抓
秋秋秋冬同學!?
叫我秋冬。
秋冬，等一下，嗚！
刷
這樣別人就看不到了。
啥!?

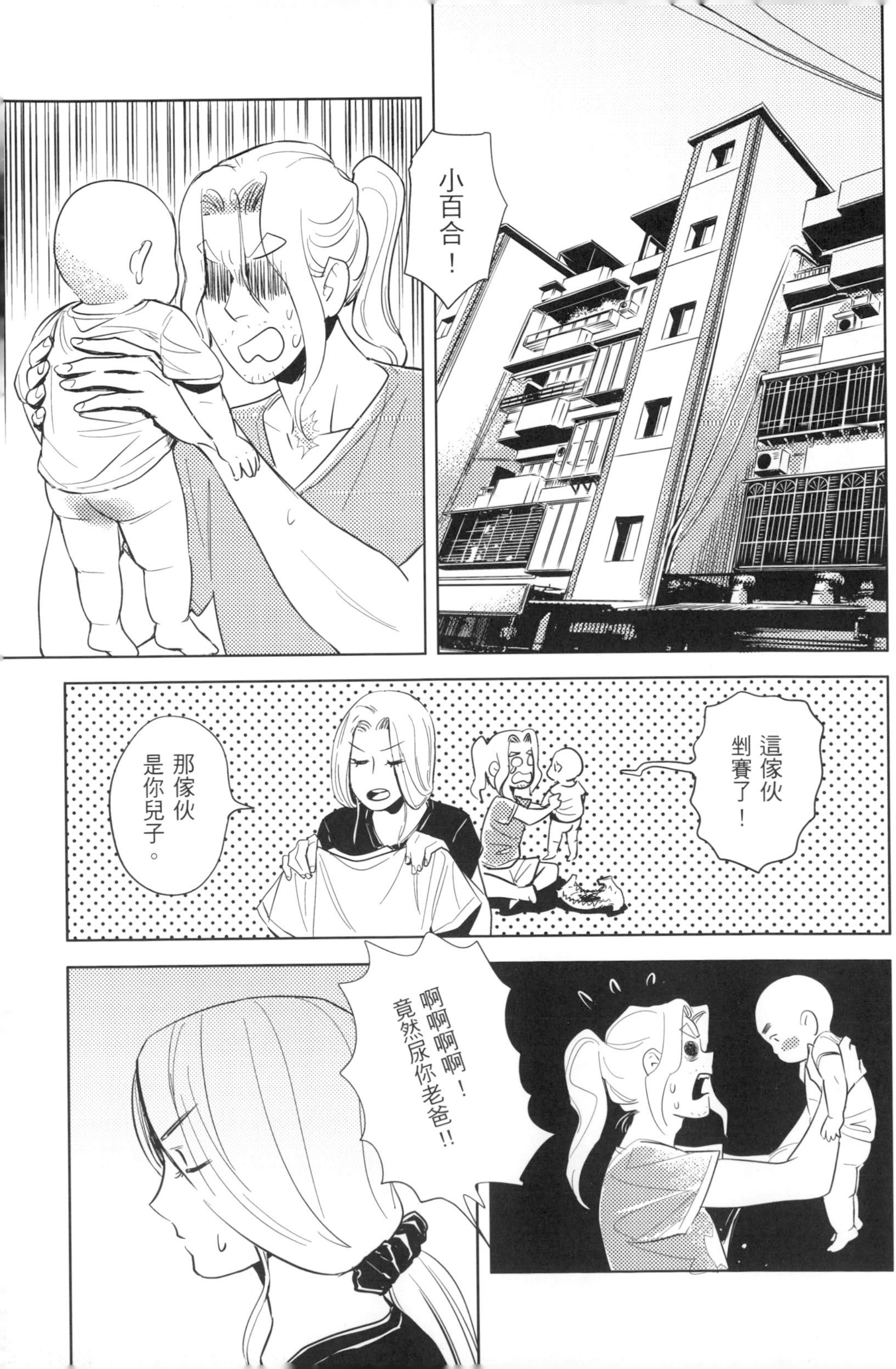
小百合！
這傢伙剉賽了！
那傢伙是你兒子。
啊啊啊啊！竟然尿你老爸!!

真是的！好像養了兩個小孩！
要用濕紙巾，這邊這樣，這裡要擦乾淨……
很簡單吧！
哎呀！碰到大便啦!!

～後記～

《鬼要去哪裡？》順利落幕了！
這個故事陪我度過人生許多重要的階段，對我來說是非常重要的作品。
能夠出書，還有真心愛著角色們的讀者，真心覺得非常幸福！
但自己很容易糾結在過去的諸多不完美。
這邊怎麼畫這樣！好歪……
這個情節好難為情……又歪了！
很怕冷
心力交瘁的時候反覆的用日劇療癒。
春田田～
超可愛い
まき
「希望我的故事也能這樣療癒別人。」就是抱著這樣的想法，一直埋頭創作著。

特別感謝
最初協力連載的編輯阿魯米、MOMO、接接，
整個運作連載的C幕後團隊；
單行本的黃總編、J責編、美編和企劃，
還有遠流為了這本書而努力的大家，
謝謝你們。
也感謝買了這本書、
看到最後一頁的讀者，
有你們的支持，
我才能一直努力下去。
雖然這個作品完結了，
但秋冬和小晶的故事，
永遠都存在你們心中。
我們下部作品再見。

Taiwan Style 61

鬼要去哪裡？：愛的道別

WHERE ARE YOU GOING ?

作　　者／韋蘺若明

編輯製作／台灣館

總 編 輯／黃靜宜

主　　編／蔡昀臻

版型設計／丘銳致

內頁完稿／中原造像股份有限公司

企　　劃／叢昌瑜、李婉婷

發 行 人／王榮文

出版發行／遠流出版事業股份有限公司

地址：台北市 100 南昌路二段 81 號 6 樓

電話：（02）2392-6899

傳真：（02）2392-6658

郵政劃撥：0189456-1

著作權顧問／蕭雄淋律師

2020 年 3 月 1 日 初版一刷

定價 280 元

ISBN 978-957-32-8718-6

遠流博識網 http://www.ylib.com E-mail: ylib@ylib.com　　贊助單位：文化部